BEFORE TH
OF THE AME

後勤部隊

黃耀雪

Character File ▶ 005

與看似好親近的外表相反，自尊心高又固執，只追隨自己認同的對象。一旦認同對方就會變成最忠心的狗。與左牧的雇主合作，跟邱珩少一起參與遊戲，目的是協助左牧。擅長使用槍械。

WARNING
BEFORE E END
OF THE ME
第二部
SEASON 2
邱珩少
Character File▼006
只對自己有興趣的人事物執著，比起和真人互動，
對資料數據更感興趣，是不折不扣的研究狂。
十分聰明，自我意識高。與黃耀雪一起參與遊戲。
研究學者
WARNING

第二部
SEASON 2
BEFORE THE END
OF THE ME
左牧
Character File ▶ 001
喜歡耍小聰明，充滿心機的利己主義者。
曾受人委託參加遊戲，有冷靜分析和觀察的能力，雖說是
普通人，但對血腥畫面習以為常。
私家偵探
WARNING

WARNING
BEFORE THE END
OF TH AME
第二部
SEASON 2
兔子
Character File ▶ 002
個性古怪，偶爾會表現出懦弱的一面，但戰鬥時卻可以面無表情地將人殺害。
原是無主罪犯，遇見左牧後主動接近他。對左牧有相當強烈的占有欲，是個讓人捉摸不透的神祕男子。
殺人魔

WARNING
第二部
SEASON 2
羅本
Chara
File ▶ 003
軍人
具有道義精神，但並非正義使者，會視情況判斷自己的行動，重要時刻也有可能背叛同伴。
槍械專家，近戰不強，擁有很強的狙擊能力，基本上只要扣下扳機就不會失誤。

BEFORE THE END OF TH ME

第二部
SEASON 2

黑兔

Character File ▶ 004

出名的暗殺高手，擅長偷襲和竊取情報，格鬥技巧熟練，沒有武器也能輕鬆消滅手持武器的對手。
逃離組織後暫時加入左牧的隊伍裡，和兔子合不來但意外地還滿喜歡親近羅本。

殺手

WARNING

草子信
Snow
遊戲結束之前
ゲームが終わる前に
第二部
SEASON 2
II
三日月書版
輕世代 FW403
BEFORE THE END OF THE GAME SEASON 2

Despair Park

CONTENTS

楔子

快艇爆炸的瞬間，謝良安還以為自己會死，回過神來發現爆炸的範圍僅限於港口的時候，不得不承認，他鬆了口氣。

但，這並不是心安，純粹只是僥倖逃過一劫的心理。

他的雙手仍止不住地顫抖，嘴唇發麻，什麼都感覺不到。

坐在軟綿綿床鋪上的他，身體冰冷到像是從大海裡被人撈起來一樣，腦袋嗡嗡作響，每次呼吸都像是被千根針扎過。

好痛苦——真的，痛苦到快要死掉。

他為什麼非得活成這個樣子？既沒有任何幫助，還成為敵人呼來喚去的棋子，一事無成。

謝良安難受地皺緊眉頭，直到手被蹲在面前的人小心翼翼地捧起。

身體狠狠地一震，下意識想要把手抽回來，但也僅僅只是「想」而已，現在的他連抬起手指的力氣都沒有，哪有辦法甩開別人的手。

感覺得到骨骼的修長手指，輕輕地用指腹磨蹭他手背上的傷口，接著拿出消毒酒精和軟膏，小心翼翼地替他塗上。

「發生了什麼事嗎？」

一句簡單的話，聽起來只是隨口提問，在此刻卻深深打進謝良安的腦袋裡。

他猛然抬起頭，雙眼充滿恐懼，顫抖著張開口，卻遲遲沒有說話。

兔子本來心情就很糟糕，在看到謝良安這副窩囊的模樣後更不爽，尤其是當他看到左牧跪在這種男人面前替他上藥的畫面時，真的很想立刻拿刀砍斷謝良安的脖子。

他好不容易才忍住殺人的衝動，直到看見謝良安擺出一副受害者模樣的表情。

兔子的眼中沒有半絲光芒，冰冷到看不清他的想法，他拿出短刀，如失去理智般地往前走過去。

突然，硬幣般大小的軟膏朝著臉扔過來，阻止他前進。

兔子單手抓住，硬生生將軟膏扭曲成垃圾，鬆開手讓它墜落在地上。

藥膏從隙縫中被擠出來，無法滾動的它就這樣墜落在左牧的腳邊，但左牧卻沒有看它一眼，而是將謝良安擋在身後，皺眉看向兔子。

「你想違反我的命令嗎？兔子。」

左牧聽見兔子從喉嚨裡發出低沉、令人寒顫的嘆息聲，他強忍著想要殺人的衝動，單手摀著臉，但從指縫中露出的眼睛，卻如同在黑夜中發光的月亮，毫無溫度。

兔子沒有進一步的動作，乖乖把刀收起。

左牧無奈地鬆口氣之後，轉身問道：「你的臉色不太好，所以我才把你單獨帶過來休息的。我想你會這麼害怕的原因，應該不是因為這隻蠢兔子吧？」

左牧護著他——被人保護的感覺，讓謝良安的眼淚如噴泉般爆發出來。

沒料到謝良安竟然會突然大哭的左牧，反而被他嚇到說不出話。

他很不擅長安慰人，也不知道現在這種情況該怎麼做才好，只好抱住謝良安哭到顫抖的身體，輕輕拍他的背安撫。

當然，他清楚感受到炙熱的視線正死死盯著他的後腦杓，像是快把他鑿穿。

「要不你也過來抱？」

左牧拿兔子沒辦法，於是隨口提議，沒想到兔子竟然還真的馬上跑過來，從背後緊緊抱住他不放。

他的意思是要兔子一起來抱謝良安，但兔子反而只有抱住他，導致現在他們三個人呈現很奇怪的姿勢。

他把謝良安抱在懷裡，而兔子則是像無尾熊一樣把他當成樹幹，扒著不放，如果羅本看到這個情況的話，肯定又要對他投以鄙視與不解的目光。

左牧雖然被兔子壓到腰痠背疼，卻還是咬牙撐住，直到謝良安冷靜下來。

十分鐘後，謝良安才終於止住淚水，身體也不再顫抖。

左牧輕輕拉扯被淚水弄得溼答答的上衣，苦哈哈地笑著。

「抱、抱歉，你的衣服……」

「哈哈哈……沒事。」

左牧才剛用和藹可親的態度回答，下一秒就突然被兔子從左右兩側撕碎衣服，當場把兩人嚇到眼珠子都快掉出來。

兔子不以為意地哼鼻子，並迅速脫下自己的衣服，套在左牧身上。

至此，這個愛吃醋的兔子才終於安分，心滿意足地抱著左牧瘋狂磨蹭。

謝良安很尷尬，左牧比他還尷尬好幾倍，但他們很有默契地選擇無視兔子的所有行為。

「哈啊，真是受不了……」左牧先是頭痛萬分地扶著額頭，接著才開口把話題重新拉回來，「我是真的擔心你才問的，如果你希望我們所有人都平安無事地活著離開，最好不要對我有所隱瞞，因為這會影響到我的判斷。」

謝良安有些害怕地抖了一下，因內疚而垂著頭。

他用手指磨蹭被左牧處理過的傷口位置，緊抿雙唇。

說不害怕絕對是騙人的，但他真的不知道該怎麼辦才好，要是左牧知道他是叛徒的話，絕對不會再保護他的。

他該怎麼辦？怎麼選擇才是正確的？究竟要怎麼做他才能活下去——

「謝良安，看著我，什麼都別想。」

左牧低沉的聲音，打斷了謝良安的思緒。

他慌張地抬起頭，和左牧認真直率的雙眸四目相交，一股無法形容的感覺，瞬間完全覆蓋了內心的恐懼。

憑著直覺，他想要選擇相信左牧。

那雙眼眸從惶恐不安，慢慢冷靜下來，並重新找回光芒。謝良安這些微小的「變化」，讓面無表情的左牧嘴角上揚。

他早察覺到謝良安肯定有什麼問題，而現在他們最不需要的，就是會影響所有計畫的「變數」，所以他必須讓謝良安無條件相信自己。

於是他站在謝良安這邊，不甩吃醋的兔子，就是想要在他面前營造出「你可以放心信任我」的形象，而這也會間接影響到人的潛意識。

當一個人在走投無路，缺乏能夠信任的同伴的情況下，會自然而然地接受不嚴厲追問理由，並溫柔對待自己的人。

這是人心的自然反應，跟智商沒有任何關係，就算是被稱為天才的謝良安，終究也還是會被感情左右的普通人。

結果，正如他所想。

謝良安看著他的眼神，不再像以往那樣劃清界線，而是允許他踏入自己的領域。

這就是對他產生信任，並開始依賴他的信號。

謝良安這個人，果然是個沒有危機意識、單純的傻子。

指南一：隱藏版交通工具

快艇燒了很長一段時間，完全沒有熄滅的跡象，但因為火焰不會蔓延到岸上，所以羅本並不是很在意。

只要它不會二次引爆的話，就不用管。

炸掉快艇的人目的十分明確，只是單純想要阻止他們離開，去其他群島拿徽章。除此之外沒有其他意思，也不是針對他們的性命。

如果真的想殺他們，大可等他們使用快艇的時候再引爆，不會挑在這個時機，所以比較像是警告而不是暗殺。

左牧肯定也已經察覺到這點，才能冷靜地帶著謝良安回別墅治療。

那麼，被留下來的他跟黑兔要做的事，就十分明顯。

「你那邊有發現什麼嗎？」

黑兔似乎是去追查炸藥殘留的氣味，離開幾分鐘後才回來。

此時的羅本已經背好狙擊槍，像是準備要出發去其他地方的樣子，讓黑兔有些意外。

他眨眨眼，快步跑到他身邊，拉住他的衣服。

「喂，你要去哪？」

羅本垂低眼眸，面無表情地盯著黑兔的臉看。

還沒開口要他放開自己，就先聽見黑兔肚子傳出咕嚕聲。

氣氛頓時變得有些尷尬。

「……你該不會又要我煮東西給你吃？」

「不是！雖然我是有點餓啦，但我拉住你不是因為想吃飯。」黑兔很不滿地抱怨，「你別以為我每次找你都只是想蹭飯好嗎！我是在擔心你。」

這座島上不僅僅都是想殺左牧的ＶＩＰ玩家，還有不知道投入多少人數的「困獸」，就算羅本再厲害，但要是落單的時候遇到那些傢伙的話，也會有危險。

他知道羅本對自己的實力很有自信，可是他怕這分自信會反而讓這個老想著單獨行動的狙擊手丟了性命。

「我跟你去。」

「啊？」羅本不悅地挑眉，「你別跟著我，我自己一個人比較好行動。」

「那是什麼鬼話？你知不知道這座島有多少困獸？萬一又被六十九號盯上的話怎麼辦！」

「跟我比起來，左牧的情況更危險，他可是那些傢伙的首要目標。」羅本抓住黑兔的手，想要讓他別再扯自己的衣服，沒想到黑兔卻突然反過來緊抓住他的手腕。

這下可好，他比剛才更要難逃脫了。

羅本垮下臉來，一臉狐疑地盯著黑兔的手。

「你真是……哈啊，你要跟就跟吧，但是得先處理你那叫個不停的腸胃。」

羅本放棄掙扎，而得到允許的黑兔，頓時眉開眼笑，乖乖鬆開抓住他的手。

會答應讓黑兔當自己的跟屁蟲，是因為羅本考量到時間，還有就是，憑他的實力根本沒辦法阻止黑兔做出的決定。

他從包裡拿出昨晚做好的飯捲，狠狠塞進黑兔的嘴裡。

黑兔叼著飯捲，不到三分鐘就把它整根吸進嘴巴，快速解決完畢。看著心滿意足，單純因為飯捲的美味而感到開心的黑兔，羅本臉色鐵青地嘆氣。

「還要嗎？」

「嗯，再一個。」

不爽歸不爽，羅本還是乖乖拿出第二條飯捲給黑兔吃，接著便沿著港口離開別墅。黑兔蹦跳著跟在羅本身後，輕鬆將飯捲吞下去，左顧右盼。

「果然都沒人，我還以為那些傢伙在炸完快艇之後就會立刻圍上來呢。」

黑兔就是怕會有個萬一，加上兔子現在的注意力完全放在左牧身上的關係，所以才會獨自到附近巡邏。

他所擔心的事情並沒有發生，但還是隱約有種讓人不安的感覺。

跟他相比，羅本倒是顯得很冷靜，就算沒有左牧的指示，也能夠很快決定接下來的行動以及理性評估眼前狀況。

黑兔知道羅本的個性本來就很謹慎，隨時充滿危機意識，絕對不做會讓自己吃虧的決定，單就這點來看，他跟左牧確實很合，比他跟兔子之間的關係還要來得好。

或許是因為他有點像左牧的關係，又或者是被他的好手藝抓住胃，黑兔並不希望羅本死掉，所以總是會特別留意他。

當然，羅本也很清楚黑兔心中的那些「小心思」。

「你是要去找其他交通工具？」

看羅本一直在觀察其他港口的樣子來看，黑兔很快就發現他的目的。

羅本並沒有要隱瞞的意思，坦白回答：「嗯，等左牧處理完謝良安的問題之後，我們就得盡快離開，最好是別再回來。」

「意思是要在海上生活？」黑兔歪頭思索，確實……原本那艘快艇是可以在海上生活個四五天不成問題，但主辦單位配置的其他船隻，和程睿翰給他們的快艇卻完全不同。

這點讓人有所顧忌。

「這裡的海域不知道有什麼危險，你確定要這樣做嗎？」

「不確定。」羅本聳肩，「反正最後是由左牧來下決定，我也只是說說而已。」

他只是覺得左牧很有可能會這麼做，不過他有點在意謝良安的狀況，在看到快艇爆炸的瞬間，那個男人面無血色，與其說他是被爆炸嚇到，不如是有什麼讓他更害怕的狀況存在。

比起讓快艇爆炸的人，他更在意謝良安。

「不行，那些船根本沒辦法用。不然我們去找程睿翰怎麼樣？他不是說要跟左牧合作嗎，再讓他們給我們一艘新的不就好了？」

看過其他玩家的船隻後，挑剔的黑兔很不滿意，雙手插在口袋裡碎碎念。

羅本嘆口氣，輕拍黑兔的腦袋瓜安撫道：「不行，我們不能過度依賴那個男人，還不確定炸掉快艇的人是誰之前，我們得小心行動。」

確實如黑兔所說，直接找上程睿翰的話，事情就會簡單得多，可問題是他們現在不能冒任何風險。

依照他對程睿翰這個人的了解，那個男人絕對不可能白白給人好處，即便他們目前還算是合作關係，但也不代表能夠信任對方。

現在他不打算去弄清楚程睿翰真正的目的，他必須盡快找到新的交通工具。

沒有船就沒辦法去其他群島，被困在島上的話，就算他們有足夠的通行證，也無法去其他群島拿徽章，而且還得擔心「困獸」跟其他ＶＩＰ玩家隨時會襲擊過來。

就在羅本努力思考該怎麼找船的時候，想起一件老早被他拋到腦後的事。

他翻找包包，拿出被壓在最底下的遙控器。

見他忙來忙去，黑兔從他身後探出頭，好奇地盯著他手裡的東西看。

「這是什麼？」

「遙控器。」

之前兔子在郵輪上取得的遙控器，被左牧隨意地扔給他不管，當時因為有程睿翰的關係，覺得用不上這個東西，現在看來反而是唯一的機會。

「欸，遙控器上面的燈泡在閃。」

聽到黑兔說的話，羅本這才發現遙控器閃爍著紅光。

還沒來得及思考它突然有反應的理由是什麼，黑兔就把手伸過來，一臉無辜貌地按下遙控器上唯一一個按鈕。

「你在幹嘛！」

羅本急忙抓住黑兔的手，但已經來不及了。

遙控器上的紅光消失，就好像已經接收到指令一樣，安靜到讓人不安。

「你這隻蠢兔子！」

「幹嘛啊！看到有按鈕通常不是會很想按嗎？而且它還會發光。」

「我真的不知道你大腦在想什麼，正常來說不是應該先警惕、思考後再出手？」

「不過就只是個遙控器，能出什麼問題。」黑兔不以為然地聳肩，嘟起嘴喃喃自語，完全不把羅本擔心的問題放在心上。

事成定局，羅本也不好再說什麼，擔憂地望向海平面。

隱隱約約地，似乎看到海上有個物體正在快速朝島的方向靠近，與此同時，手中的遙控器發出了人工AI的聲音。

『**AS013即將抵達目的地。**』

羅本和黑兔聽到聲音後，滿臉疑惑地對看彼此。

幾秒鐘過後，強大的撞擊聲從他們所在的港口附近傳來。

他們只是正好停在某個玩家的別墅附近，結果停靠在港口旁邊的小船就這樣被突然衝撞上來的快艇迎面撞上。

小船直接被粉碎，沉入海底，而那艘快艇則是閃閃發光，沒有絲毫損傷。

兩人愣在原地，瞠目結舌地看著它，靜靜躺在羅本手掌心的遙控器則是無視被嚇傻的兩人，以完成任務般的態度，制式化地回答：『**AS013已到達指定地點。**』

羅本哈哈苦笑，將遙控器小心翼翼放入口袋。

兔子到底是帶了什麼鬼東西回來？這麼危險的交通工具，根本不能讓人安心乘坐，反而還要先擔心自己的小命。

「看樣子，交通工具的問題解決。」黑兔指著那艘快艇，轉頭對羅本說：「先上去看看吧，嗅起來是沒什麼問題，不會爆炸。」

「哈啊……別把會不會爆炸當成評估標準。」

羅本雖然很不想這麼說，但確實也只能湊合著用。

他帶黑兔跳上船，徹底檢查安全狀況，和他預料的情況有點不同，這艘船不但很堅固，內部構造也不輸給程睿翰之前那艘快艇，更重要的是，船上已經備妥物資。

「之後得好好跟左牧問清楚，這遙控器到底是怎麼拿到手的了。」

這艘快艇，根本是移動型基地。

真要說的話，他甚至覺得之前那艘快艇炸掉對他們來說反而是好事。

「喂——差不多可以把船開回去了吧？」

黑兔從甲板探出頭，問著檢查船艙的羅本。

羅本爬上樓梯，「嗯，回去吧。左牧看到這艘船應該會很開心。」

「呀哈！我來開船！」

「什麼？你、等等……」

開心地跳上駕駛座的黑兔，手腳俐落地將操控方式改為手動後，用飆車般的速度調頭開往左牧所在的別墅。

他開船的方式很粗魯，羅本很不滿，翻騰的胃讓他很不舒服。

忍住想吐的衝動，好不容易熬到開回別墅的時候，燃燒的快艇已經沉入海底，不過連帶毀掉的港口也已經無法停靠，黑兔只能隨便找個岸邊臨停。

雖然上下船有些困難，但影響不大，對黑兔來說沒有任何問題，可是對暈船的羅本來說卻是難受到極點。

「……你不准再給我碰方向盤。」

「我開船很安全的，幹嘛不讓我開。」

「再有怨言，你就從今天開始天天吃醬油拌飯。」

用食物來威脅確實很有效果，因為黑兔馬上就乖乖閉嘴。

兩人才剛下船沒多久，就看到左牧已經在等他們。

察覺有點不對勁的羅本抖了一下眉毛，暈船瞬間就好了。

他迅速走上前詢問：「怎麼回事？」

左牧看了他一眼，示意兩人進屋。

羅本和黑兔交換眼神後，跟著左牧回到別墅。

兔子的表情很難看，而謝良安的則是臉色蒼白，氣氛比想像中還要尷尬。

「看樣子你是從謝良安那裡問到了什麼讓你心情不好的情報。」

「不完全是。」左牧雙手環胸，下意識朝謝良安看了一眼。

接著，他把謝良安剛才告訴他的話，重新說給羅本和黑兔聽。

／

「簡單來說，就是謝良安被主辦單位抓走後威脅了？」

真不愧是羅本，直接用最簡單的一句話總結，他省略掉的部分雖然說不是很重要，但對缺乏與主辦單位相關情報的他們來說，即便是對方幾點打了個噴嚏都是很有用的消息。

左牧知道羅本跟自己的想法差不多，所以沒多說什麼，至於兩隻兔子更是不用擔心，因為他們根本沒在聽。

兔子跟黑兔完全不在意謝良安所遭遇到的問題，跳到快艇上去徹底搜索，確認安全。雖然這艘船是主辦單位準備的，但對缺乏交通工具的他們來說，是目前唯一的選擇。

兩人甚至還把別墅裡的物資搬上去，做好要待在大海中央生活的準備。

左牧和羅本則是討論著謝良安的問題與狀況，始終保持沉默的謝良安，十分擔憂地搓揉手指，低著頭看著自己的腳，連手指被自己蹭破流血都沒注意到。

「行了，快住手。」

羅本看不下去，一把抓起謝良安的手，冷眼睨視血流不止的傷口。

他從包包裡拿出簡易醫藥箱，手腳俐落地治療傷口後，完美包紮。

謝良安呆呆地盯著貼上ＯＫ繃的手指，這才發現自己的雙手仍有些顫抖。

原本以為把內心的不安說出口之後，就可以稍微紓解心情，但這樣看來他的心情還是很緊張，根本不能完全放鬆。

左牧和羅本交換眼神，繼續當著謝良安的面前交談。

「主辦單位用自白藥，在他神智不清的狀況下挖出陳熙全的情報，現在的問題並不是他受到的威脅，而是那些傢伙究竟挖走了什麼情報。」

左牧雙手環胸，皺著眉頭繼續說：「陳熙全不是個傻子，很有可能早就料到主辦單位會想辦法耍手段從謝良安嘴裡挖出情報，以他的做事風格，肯定有安排應對措施。」

羅本嘆口氣，「該不會那傢伙所謂的『應對措施』，就是我們幾個？」

「嗯——剛聽到謝良安說的話，我確實有這樣想過，但我覺得應該不是。」因為這樣的話太過簡單了，陳熙全那隻老狐狸肯定不會用這麼單純明顯的手段，不過，可以確定的是他們是他計畫中的一部分。

「陳熙全的事跟我們沒什麼關係，所以我們先把重點放在原本的目的就好。」

「我是沒差啦。」羅本看了一眼臉色蒼白的謝良安，「你呢？也覺得沒關係嗎？」

照謝良安所說的，他是因為被主辦單位用藥後，說出陳熙全的祕密而擔心自己會被殺害，在他親口說出這件事之前，只是單純的救援工作，可是現在把謝良安救出去，他面臨的恐怕仍然是死亡，只不過對象換成陳熙全。

若左牧猜測得沒錯，陳熙全早料到主辦單位抓走謝良安的主要目的，不僅僅是因為他叛逃的關係，還可以利用他得到陳熙全的祕密情報——那為什麼還要大費周章把他帶出來？

主辦單位的目的已經達成，對陳熙全和主辦單位來說，謝良安都已經沒有任何利用價值了才對，「正常」來說都會被拋棄。

「你是覺得謝良安沒有利用價值了，對吧？」

左牧一語道出羅本心裡所想的事，讓羅本真心覺得這個男人的觀察力可怕到像是有讀心術一樣。

「……難道不是？」

「嗯，不是。」

「你聽起來很肯定，有什麼依據嗎？」

左牧往快艇看了一眼後，抓起謝良安的手臂，「上船再說。」

羅本點點頭，跟著左牧和被他半拖半拉的謝良安再次登上快艇。

等所有人上船後，黑兔跟兔子發動引擎，將船駛離港口。

左牧先讓謝良安到船艙的臥室休息，重新回到甲板和羅本聊剛才沒說完的事。

「謝良安是個天才，你知道的吧？」

「當然。」羅本甩甩手腕上的手環，「這東西不就是他做出來的？還有之前那座島上的所有設備跟系統……」

「主辦單位跟陳熙全都是商人，他們不可能因為區區的情報洩漏而殺死能帶給他們高收益的謝良安，雖然謝良安一開始就是陳熙全這邊的人，但主辦單位在知道他的實力後，肯定不會放過他。」

「你的意思是，主辦單位早知道謝良安跟陳熙全的關係，還是允許他為他們工作？」

「謝良安開始為主辦單位工作後，陳熙全才重新跟他取得聯繫。這是謝良安親口跟我說的。」

「……那他為什麼要答應幫助陳熙全？那傢伙的性格那麼懦弱膽小，感覺不像是會淌這種渾水的人。」

「估計兩人之間有其他條件交易，也或者……謝良安是為了逃離主辦單位才願意幫助陳熙全。」

「嗯，這也有可能。」羅本摸著下巴沉思，「也就是說謝良安是知道雙方祕密的關鍵人物，所以沒有辦法輕易殺掉他。」

「謝良安會這麼不安是因為他覺得自己背叛了陳熙全，而主辦單位也反過來利用這點，想重新掌控謝良安。」

「所以他看起來弱到讓人不爽的原因，是因為不安？」

「嗯，待在這裡也會被主辦單位追殺，活著逃出去之後又得面對陳熙全，對他來說真的是無法選擇了才會陷入絕望。」左牧垂眸，從語氣裡並沒有聽出他對謝良安的不滿或是不耐煩，倒是覺得有些可憐他。

羅本知道左牧就是個刀子口豆腐心的老好人，在知道謝良安的情況後，他肯定會重新開始制定計畫。

「你想為了他改變計畫？」

「不，目前沒有這個打算。」左牧歪頭回答：「總之我們現在的情況沒有變，先想辦法湊齊島主徽章，再看狀況。」

「呵……你看起來很有自信。」

「考量到謝良安的能力，我覺得不會有什麼問題。」

看著左牧勾起嘴角，笑得很開心的樣子，羅本也只能哈哈苦笑。

這傢伙——看樣子他已經完全決定接納謝良安，甚至把他也列入自己安排的計畫之中，這跟之前在絕望樂園裡，把謝良安當成局外人，什麼都不讓他做的時候完全不同。

「兔子。」

左牧轉頭喊了聲，原本還在駕駛座的兔子立刻就跳下來。

他眨眨眼睛，猛盯著左牧的臉看，一副很開心的樣子。

左牧直接無視那張閃閃發光、努力向他賣萌的表情，指著一樓的船艙門說：「總之，我們三個先進去討論，明天就要開始準備攻略其他群島，得做好準備。」

羅本和兔子點點頭，跟著左牧進入房間。

／

謝良安已經很久沒有睡得這麼安穩，在遇到左牧他們之前，他幾乎每天都是從噩夢中驚醒過來，精神狀況也因此變得越來越糟糕。

他無法控制情緒，總是一副沒有用的模樣，讓他越來越討厭自己，卻又沒有勇氣去改變，就只能放任心情陷入陰霾，直到再也支撐不住為止。

將事情全部告訴左牧後，無法否認，他的心情輕鬆了一些，雖然不安與恐懼並不會因為將內心的祕密分擔給其他人之後，立刻消失，但他有種終於能夠喘口氣的感覺。

或許就是因為這樣，他才能夠好好休息，就算是睡在狹小的船艙臥房，船身隨著海浪晃動，讓人有點反胃、不舒服，卻睡得很飽。

他從船底的臥房走上船頭，發現周圍很安靜，闔眼前還是白天，沒想到一覺醒來後已經是深夜，海面漆黑到伸手不見五指，又過於寧靜，給人一種強烈的孤獨感。

意外的是，謝良安很喜歡。

就像是全世界只剩下他一個人，沒有那些會危害到他性命的事，也不用去面對讓他憂慮的麻煩跟問題——真好。

謝良安深吸口氣，嘴角微微上揚，完全沒有注意到身後有人。

「在幹嘛呢你。」

「嚇啊啊啊！」

謝良安被從身後傳出的聲音嚇一大跳，魂都差點飛了。

沒想到謝良安竟然會嚇成這樣，對方反而很緊張地摀住他的嘴。

「閉嘴啦！白痴！」

黑兔很緊張地把臉貼上去，低聲咒罵。

謝良安冷汗直冒，看著在夜裡閃閃發光的那雙紅色瞳孔，下意識地感到害怕。

「嗬、嗬呃……」他拍著胸膛，好不容易才冷靜下來。

黑兔看他沒問題之後，才把手挪開。

「沒人跟你說過，深夜到處亂跑很危險嗎？要是我把你當成敵人，把你扔下船怎麼辦？」

「抱、抱歉，我只是想說上來透氣。」

「……算了，沒差。反正左牧先生說過不可以對你出手，所以我不會那樣做的。」

「呃，那……那個，我們現在在哪？」

黑兔聳肩回答：「樂園的西側海域，雖然從海平面看不到陸地，但我們離這附近的群島沒有很遠。」

謝良安有些意外，他還以為黑兔不會乖乖回答他的問題，沒想到他不但大方說出來，甚至還講得很詳細。

他可以認為，這是他已經被這群人接受的意思嗎？

直到上這艘船之前，他都有種被當成局外人的感覺，但現在好像有點不一樣。

謝良安第一次覺得有同伴在身邊，心裡暖呼呼的，不由自主地笑出來。

黑兔看到謝良安嘴角上揚，傻呵呵的不知道在笑什麼，立刻皺起臉。

「你幹嘛笑得那麼噁心？」

「沒有沒有，我只是……因為安心才這樣。」

黑兔一臉不信邪的表情，但他還是轉過身，指著船艙位置說：「跟我過來，我送你回去房間。左牧先生說船艙的臥室給你用，我們會在一二樓休息，所以你不用在意我們。」

「謝、謝謝。」

謝良安乖乖跟著黑兔走下樓梯，在經過樓梯口的時候，他注意到掛在牆壁上的快艇內部構造圖，立刻就被上面顯示的船號吸引。

他瞪大眼，迅速貼近那張構造圖，驚訝地張開嘴巴。

「什……這、這艘船難道是使用ＡＳ系統？」

黑兔聽到他說話，停下腳步，一臉狐疑地轉過頭。

「啊？什麼東西？」

謝良安不知道哪冒出來的勇氣，突然把臉湊近黑兔，興奮地追問：「ＡＳ系統！那、那個，就是自動系統，只要輸入指令就可以遠端操控的……這艘船的ＡＳ系統的初始版本是我設計的，但我記得有在使用這個系統的沒有很多啊。」

黑兔是真的聽不懂謝良安在說什麼，他搔搔頭髮，不耐煩地咂嘴。

「所以呢？你想說什麼？」

「帶我去駕駛座。」

謝良安主動抓住黑兔的手，與剛才害怕的表情不同，現在的他十分堅定而且充滿自信，讓黑兔無法拒絕。雖然左牧已經說過可以相信這個人，但他還是覺得謝良安是個中看不中用的傻子。

「拜託你了！我可以幫上忙！」

「呃，好吧。」

黑兔瞇起雙眸，心不甘情不願地帶著他走到二樓的駕駛座。

總之，他會全程監視謝良安，就算出什麼狀況他也能夠立刻處理。

抱持著這個想法的黑兔，就這樣看著謝良安目光爍爍地坐在控制板面前，熟練地敲打著鍵盤。

黑兔原本以為不會花多少時間，然而他卻不知道，謝良安直到天空開始轉為橙色前都沒停下來過。

「……這是怎麼回事？」

「我也想知道啊。那傢伙就像變了個人一樣，怪可怕的。」

半夜醒來要跟黑兔換班的羅本，看到兩人在駕駛座的時候還嚇一跳，結果他也因為好奇，就這樣默默迎接日出。

謝良安的專注度高到讓他們震驚，這讓他們忍不住交換眼神，開始理解為什麼左牧會願意讓謝良安加入他們。

這傢伙，撇除不安跟恐懼這兩點之後，就是個瘋子駭客。

不得不承認，謝良安很適合跟他們混在一起。

「在幹嘛呢你們。」

一覺醒來，左牧跟兔子就看到這三個人窩在二樓駕駛座，而且不知道為什麼謝良安像是變了個人似的，精神奕奕地敲打著控制台上的鍵盤。

自從遇到謝良安，這個男人總是像隻膽小的倉鼠，不是在發抖就是眼眶泛淚，沒想到竟然還會有這種表情。

但現在問題不是謝良安是怎麼爆發成電腦駭客，而是在旁邊吃爆米花看戲的黑兔和羅本，究竟為什麼要賴在這裡不走。

羅本和黑兔抬起頭看著左牧，嘴裡還在咀嚼，讓左牧看得越來越煩躁。

「……搞什麼？」

「沒啦，只是覺得難得看到你一臉困惑的樣子，有點新鮮感。」

黑兔坦白說出自己的想法，羅本雖然認同，但他可沒打算直接說出口，因為兔子一直盯著他們看，壓力大到讓他覺得很麻煩。

不過，在黑兔把事情搞砸之前，他還是先把謝良安的事情說出來比較好。

「謝良安在改造這艘船的系統，我們兩個是在監視他。」

「監視？」

左牧不以為然，他可沒瞎，說要監視的兩個人手裡拿著爆米花、玉米片，旁邊還放著可樂跟起司沾醬，如果是真的想監視謝良安，那麼也太過輕鬆休閒。

羅本當然知道自己這樣說沒有半點可信度，於是就端著起司醬和玉米片，走到左牧面前示意。

然而，左牧並沒有接受。

「我才剛起床，你就要我吃零食？」

「要不然我烤個三明治給你吃？」

「這還差不多。」

念歸念，左牧還是把他手裡的玉米片搶過來，大口吃著。

「所以呢？他在改什麼系統？」

羅本聳肩，「我也不知道。」

「……那你就這樣看著？」

「因為謝良安是想要協助我們，而且他說這個系統是他設計的。」黑兔嘴裡塞滿食物，邊吃邊替羅本回答左牧的問題，「放心吧！我覺得他不會害死我們。」

黑兔的觀察力並不輸他，既然他都這麼說的話，左牧也願意拿出同等的信任。

兔子把頭塞到左牧的肩膀上，張開嘴巴向他討食，左牧看也沒看，自然而然地將玉米片塞到他嘴巴裡。

這如同日常生活般的互動，讓黑兔的臉垮下來，忍不住渾身起雞皮疙瘩。

那傢伙百分之百是故意的。就因為他找左牧說話，還取得了他的信任，兔子才會莫名其妙地向左牧撒嬌，加強自己的存在感。

但問題是，對此毫無自覺，還順從兔子的左牧才更令人費解。

「謝良安忙完後再叫我，我先回一樓船艙去了。」

左牧把玉米片放在黑兔的手上，黑兔不太懂他想幹什麼，眨了眨眼。

「在這邊等他不就好了？幹嘛去一樓？」

昨天他們發現這艘快艇的一樓船艙，也有跟別墅同樣的數位電視，可以看到周圍島嶼所需要使用的通行證張數以及基本資料。

雖然沒有公開各島嶼的遊戲主題，但是有島嶼的整體輪廓形狀和總面積大小等基本資料。

這些資料對玩家來說，沒有多大的幫助，也不會有人去在意，可左牧不這麼認為。

確實這些資料看上去沒有多大用處，卻能夠讓人在不清楚遊戲主題的前提下知道不少細節。

當然，要是這麼跟黑兔說的話，他肯定理解不了。

比起他，羅本倒像是猜測出他的想法，把手放在黑兔的頭上，用力搓揉。

「行了，你在這繼續盯著謝良安，別讓他亂搞。我去做早餐給你們吃。」

「……我要法式吐司。」

「你這小子從哪知道這些料理的？」

「當然是美食雜誌。」

「哈啊……知道了，我做給你吃。」

像是要讓黑兔分心似的，羅本難得答應了黑兔點的餐。

黑兔很開心地跳回旁邊的沙發椅，順手吃起抱在懷裡的玉米片。

左牧鬆口氣，和兔子回到一樓船艙。

此時桌上還留著昨晚他們討論時的筆記，大部分的字跡都是羅本跟左牧的，很明顯兩隻兔子根本只是陪襯。

左牧往數位電視看過去，重新審視上面的資料數據後，不快咂嘴。

「嘖，通行證的數量浮動還真快，得在這之前挑選出攻略的目標群島才行。」

兔子打了個哈欠，一臉呆滯地看著左牧處理事情，獨自享受溫暖的陽光。

在羅本端著早餐進入船艙的時候，看到一邊是苦惱挑選島嶼的左牧，一邊是瞇著眼睛不知道是在睡回籠覺還是發呆的兔子，天差地遠的溫度差，讓羅本無奈苦笑。

「早餐……」

「嗚哇！好香！是我的法式吐司嗎？」

羅本才剛開口，話都還沒說完，黑兔就突然從背後冒出頭，虎視眈眈地盯著羅本手中的盤子。

「你怎麼會在這？」深怕黑兔會毫無節制地單獨吞食的羅本，迅速把盤子拿到桌上去，這時他才發現黑兔的身後還跟著臉頰凹陷，垂死掙扎的謝良安。

不用問也能知道謝良安為什麼會變成這樣，因為從他肚子裡傳出的咕嚕巨響讓人沒辦法無視。

羅本嘆了口氣，頭痛萬分地說：「總而言之，全都給我過來吃早餐。」

他邊說邊把數位電視關掉，免得左牧認真到完全沒在聽他說話。

果然如他預料，左牧在他關掉電視後嚇了一大跳，慢半拍地注意人全都在船艙裡，尷尬地輕咳兩聲，想裝作沒這回事。

「邊吃邊聊吧，我們沒剩多少時間。」

左牧坐下來之後，兔子立刻醒過來，迅速衝過去占據他身旁的座位。

其他人分別選好位置後，謝良安很難得地主動開口。

「我、我也有話要說。」

四人聽到謝良安這麼主動表明意見，並不感到意外，由左牧作為代表點頭答應後，謝良安抿著雙唇，有些不習慣地將自己做了什麼事，一五一十告訴他們。

「我稍微動了這艘快艇的主系統後台，解除追蹤之外，還稍微做了點程式補強，主辦單位應該很難找得到我們的位置……這樣的話，只要我們不登陸，主辦單位就無法追蹤到這艘快艇。」

「是嗎……這樣的話對我們目前的情況幫助很大。」左牧點點頭，歪頭反問：「但你做的應該不僅僅只有這一點吧？」

「……對。」謝良安點點頭，「這艘快艇搭載的系統，是原本用於無人自殺武器上的獨立系統，而且是軍事戰爭所使用的，在經過改造之後，就可以變成像是遙控玩具那樣的交通工具，隨傳隨到。」

「怪不得它會在按下遙控器之後突然跑出來。」

熟悉軍事武器的羅本，對謝良安所說的系統並不陌生，只是他從沒見過這種系統還能以這種方式使用，有點像是隨叫隨到的小動物。

不知道為什麼，有點可愛。

正當羅本幻想著如果能讓這艘快艇搭載武器的話，可能會很不錯的時候，謝良安無視陷入幻想的他，繼續說下去。

「因為沒有多少時間，我能做的修改並不多，但這艘快艇可以作為我們的藏身點，至少能讓我們不在主辦單位的監視之下。」

「可是系統還是跟主辦單位他們的伺服器相連的吧？如果想要做到完全隱藏，不就要跟他們的網路斷連？這樣的話我們就很難拿到一些情報。」

左牧的擔憂並不是沒有道理，謝良安也早就預料到這點，並做出應對。

「我有辦法不讓這艘快艇的系統直接和主辦單位的主伺服器相連，簡單來說就是直接透過衛星取得連結，讓資料回傳時透過衛星直接抹掉我們的位置。」

衛星能夠一口氣接收無數網域，而他只需要把這艘快艇的系統隱藏在眾多網域之中就可以。

這樣做並不是完全隱藏他們的位置，但如果主辦單位要正確捕捉到他們的位置情報，需要花大量的時間。

他們只要持續保持移動，就算主辦單位知道他們「當下」接收資料的位置，找上門來的時候，他們也已經早就離開原本的所在地。

「聽上去有點難理解，不過我可以保證他們那邊不會有能夠及時寫出程式應對的人才存在。」謝良安雖然說得很認真，但嘴巴裡塞滿法式吐司，反而看起來有點笨拙好笑。

他拍著胸膛向所有人保證：「能破解我寫的程式的人，就只有我自己。雖、雖然我不像你們那麼厲害，但如果是這方面的話，我、我很有自信能做到完美。」

「完美」嗎？

左牧垂眸盯著神色緊張的謝良安，沉默不語。

能在這麼短時間內做到這種地步的人，不僅僅只能用「完美」這兩個字來形容，根本是怪物等級。

怪不得陳熙全寧可讓他重回險境，也不願意放棄這個人，謝良安確實有著其他人無法相比的天賦。

而這，就是他們必須讓謝良安「活下去」的原因。

「你做得很好。」難得稱讚人的左牧，一開口就把旁邊的兔子嚇得不輕。

他瞪大眼盯著左牧，接著立刻帶著殺人的目光瞪向謝良安。當然，在這隻笨兔子把謝良安嚇死之前，左牧就先扯著他的臉頰，阻止他用眼神殺人。

「這艘船就交給你全權處理，反正你身為隊長，待在最安全的地方對我們來說也比較方便。拿島主徽章的事就交給我們四個人來處理就好，你安心當我們的輔助。」

謝良安很高興自己能派上用場，激動地跳起來，大聲回應：「是……是的！我知道了，我一定會盡全力協助你們！」

「既然現在謝良安的人身安全問題還有交通工具的事都沒有問題，那麼我們也該來考慮怎麼攻略遊戲。」

左牧將從快艇裡找到的海圖拿出來，攤平在桌上，輕輕勾起嘴角。

「接下來，輪到我們出手了。」

指南二：初攻略群島選擇

周圍群島的通行證使用數量，雖然是隨機性跳躍，但並沒有到無法估算大約數字的程度，這段時間左牧在觀察所有群島的通行證數量浮動的範圍後，已經大概能夠知道每座島所需要的通行證數量範圍。

他們目前手邊總共有四百七十六張通行證，如果想在最短時間內拿完島主徽章，離開這裡的話，就不能容許任何一次失敗。

再次回到絕望樂園蒐集通行證，無疑是條死路，就算他們上次能夠順利逃出來，但他很確定，無論是廣播器裡的那個男人，還是將那裡視為獵場的「困獸」們，絕對不會讓他們有第二次逃脫的機會。

雖然，他們確實有其他辦法能夠不透過玩遊樂設施來取得通行證，但左牧並不想要再繼續增加敵人，而且那樣做也得承擔一定的風險。

先前在絕望樂園裡遇到邱珩少和黃耀雪，確實是不錯的收穫，只是他們兩個人看上去還有其他任務要做，所以也不能太過依賴他們的協助。

「所有群島的遊戲情報都是零，可能性只有兩種。一是那些知道島上遊戲種類的玩家全部都死了，另外一種則是各島嶼上的遊戲種類會固定時間更換。」

左牧站在船頭，看著前方的海平面，羅本和兩隻兔子默不作聲，順從地聽著左牧的解釋，因為他們完全相信左牧的判斷。

「雖然聽起來很不切實際，但事實上確實有幾座群島是灰色地帶，也就是『未開放』的狀態，若是這樣的話，後者的可能性就比較大。不過真要我講的話，我覺得兩種可能性是並存的。」

「也就是說島上的遊戲會死人，然後每座島的遊戲主題也會不定期更換是吧？」羅本聽懂左牧的意思，用簡單的兩句話總結。

左牧勾起嘴角，看向從海平面慢慢冒出頭來的島嶼，輕笑道：「對。」

「那麼你選擇這座島作為首次攻略目標的理由是什麼？」

在船艙裡，左牧只是大概說明他們要如何攻略各個島嶼，以及他們幾個人要如何配合彼此的行動，對於挑選目標島嶼的事情並沒有多加詳述。

所以，羅本有點好奇左牧是依照什麼標準來選擇的。

「沒有什麼特別理由。」

左牧老實的回答，讓羅本意外地瞪大眼睛。

他張著嘴，冷汗直冒，「你說什麼？」

「嗯——」左牧摸著下巴，面對震驚的羅本，面不改色地說：「從通行證的浮動數字，我大概可以知道這些群島是有分攻略難度等級的，這點和樂園裡的遊樂設施差不多，難度越高，得到的通行證數量也會比較多，如果從這點來判斷的話，通行證需要的平均張數越多的島嶼應該就是攻略難度比較高的。」

話雖如此，但左牧仍對這過於簡易的判斷存有遲疑。

因為來之前他已經知道絕望樂園跟之前他們待的那座島相比，是偏向於休閒、簡單的類型，所以過關的要求相對也會比較低。

正常來說，玩家只需要用最少量的通行證攻略難易度低的島嶼就可以順利通關，可是現在他已經知道主辦單位是故意坑他們幾個，加上那些ＶＩＰ玩家的重心根本不在玩遊戲，而是狙殺他們的前提下，就不能用「正常」兩個字來下判斷。

更重要的是，關於這些群島的事，他手邊握有的情報太少，所以再怎麼樣都必須從第一個攻略的目標群島來取得更多的情報才行。

在眾多考量之下，左牧做出了有些冒險的決定。

「我會選擇這座島，是因為我有想確定的事。」

看著眼前的島嶼越來越靠近自己，左牧垂下眼眸，聲音低沉嚴肅。

羅本知道，左牧露出這種表情的時候，就是在下賭注。

於是他嘆口氣，搔搔頭髮，轉身回到船艙。

「我先去做準備。」

「嗯，等到港口後我們就立刻出發。」

「知道了。」

羅本獨自回到船艙，兩隻兔子則是與嚴肅的兩人不同，態度十分輕鬆自在。

對身為「困獸」的他們來說，不論面前出現什麼樣的危險，都不會動搖他們的強大，現在的他們擔心的，只有一件事，那就是「困獸」究竟在盤算什麼。

「喂，三十一號。」黑兔突然和兔子搭話，但是兩人並沒有移開盯著那座島的目光，像是在提防眼前未知的危險。

兔子雙手插在口袋裡，挪動眼珠子放在黑兔身上，短短一秒後立刻挪開。

黑兔噗哧一聲笑出來，憑他的能力當然不可能錯過兔子的視線。

從兔子並沒有完全無視他這點看來，他們兩個心裡想著的，應該是同件事。

不管是有無數字的「困獸」，或是負責訓練他們的「馴獸師」，想要一口氣動用那麼多人力，可不是件容易的事。

很顯然，跟高層有關。若是這樣的話，之前跟左牧談過交易的那個男人，也很有可能是暗中想殺死左牧的人之一。

可是不管怎麼想都讓人覺得奇怪，高層的人自尊心都很強，而且不會輕易打破自己的承諾，所以他們才能安心地待在左牧身邊生活，但如今就像是要取消那次的約定一樣，對他們出手——這很不像是「困獸」的作風。

黑兔有種預感，他們會再遇見那個強大到能瞬間壓制他跟兔子的男人。

「留意點，我總感覺高層那群人在耍什麼花招。」

黑兔知道兔子比他敏銳，不可能沒有發現。

至於左牧的安危，也輪不到他來擔心，因為兔子絕對不可能失誤。

兔子瞇起眼，沒有任何變化的臉上，看不出他在想什麼，但是從他眼眸中一閃即逝的銳利神色，很明確地表達出他對於組織的不信任。

他想起的是那名西裝筆挺的男人的臉，久違地受到壓制，而且還是在左牧面前——這件事讓他心裡很不痛快。

要是因為這樣讓左牧以為他比那個男人弱怎麼辦？

光是想到左牧必須妥協於對方，兔子心裡就只有想要將人碎屍萬段的念頭。

「啊，看到港口了。」

左牧的驚呼聲，讓兩隻兔子拉回思緒。

快艇距離島嶼只剩沒幾百公尺，而左牧所說的「港口」，其實也只是用木頭隨便建出來的橋，破破爛爛的，感覺無法支撐人的體重。

負責開船的謝良安，穩穩地將船停靠在木橋旁，四人也按照計畫準備下船。

「請、請小心，務必平安回來。」

謝良安目送左牧等人離開，站在船頭的他，看著走上木橋的四人，神色十分擔憂。

雖然身為隊長和他們的後勤支援，他不需要冒風險，可是如果這幾個人被殺死的話，那他逃出這個地方的機率是零。

他將一切都賭在左牧等人身上，而透過他的不安神情與顫抖的聲音，知道他內心有多不安的左牧，則是給了他一個微笑。

「天黑前就回來。」

根據遊戲規定，港口與船隻的範圍是「安全區」，也就是說不會受到任何攻擊，但左牧對此保持著懷疑態度，畢竟他們別墅的港口不久前才被炸毀，所以「安全區」基本沒有可信度而言。

所以左牧下船前就已經先指示謝良安把船開離港口，與島嶼保持距離，但不要離太遠，並隨時留意控制台上的雷達訊息。

謝良安雖然看起來呆呆的，但對於擅長操作系統的他來說，待在被他改造過系統的快艇上面對他來說很安全。

至於他們四個，就只要照以往的方式來行動就好。

「除了我們之外，似乎還有其他玩家也在這座島上。」

羅本從港口發現停靠的船隻數量，確定這座島至少有三組玩家。

船上沒有人，只是簡單地將船隻綁在港口，隨著海浪輕輕晃動。

木橋連接的岸邊直接就是人工建造的水泥地，這座島的周圍海域比較深，很好建造港口，但相對來說也很危險。

這片水泥地區域是開放式的，眼前只有一個簡陋的票亭。

以左牧為首來到票亭窗口，才發現裡面黑漆漆的，什麼都看不到。

窗口上方有個螢幕，仔細解說關於這座島的基本規定以及進入方式。

這座島需要花費四十三張通行證，同行者只需要一個人作為代表掃描手環登入即可，沒有限制逗留時間，可以待到不想待為止。

另外，島上發生的任何事情都與主辦單位沒有關係，一旦繳交通行證，就表示同意他們列出的所有規則。

簡直就是強迫。

左牧忍不住笑出來，乖乖在窗口掃描手環後，將通行證放入窗口底下的籃子。

正當他思考主辦單位要怎麼確認通行證數量的時候，一隻蒼白到跟骷髏沒什麼不同的手，抓住籃子邊緣，並迅速將通行證收走。

左牧嚇了一跳，沒幾秒鐘後，螢幕就亮出「確認」字樣。

包括他在內，所有人的手環都閃爍了三次，就像是在進行登錄。

『**歡迎登錄本島，請各位先至左側倉庫進行武器補充與更換。**』

顯示器更換敘述文字，但依舊沒有關於這座島要進行的遊戲情報。

左牧用手指輕點下巴後，不以為然地對其他三人說：「我們走。」

四人進入倉庫，裡面放置的武器數量多到讓他們傻眼。

這裡到底是要玩什麼遊戲？倉庫裡的武器多到根本可以去打仗了吧！

左牧等人雖然都對槍械武器不陌生，但是跟另外三個人相比，他完全就是隻菜鳥，所以他就乖乖站在原地，讓其他人去挑選武器。

兔子很沮喪，因為這裡面沒有他最愛用的刀具，而看著他垂頭喪氣的黑兔倒是很沒良心地捧腹大笑。

兩隻兔子在旁邊上演你追我跑的戲碼時，羅本拿著幾把槍回到左牧面前。

「槍枝沒有什麼問題，和絕望樂園的差不多，型號也不算舊。」他邊說邊把手槍遞給左牧，沉著臉說：「比較可疑的是，有麻煩的東西混在裡面。」

左牧不太明白羅本的意思，反覆仔細檢查他拿來手槍。

「軍用型半自動手槍？這不是很常見的手槍嗎？」

羅本拿出同把型號的手槍，快速推拉後對準旁邊的木架，扣下扳機。

他並沒有特別瞄準，而是很隨意地單手射擊，但還是準確地擊中放在木架上的鐵罐。鐵罐被子彈貫穿後掉落在地上，匡啷的聲響迴盪在寧靜的倉庫裡。

下一秒，兔子立刻出現在羅本身後，眼神銳利地反握軍刀，抵住羅本的喉嚨，全身上下釋放出想要咬死他的殺意。

羅本不以為然，無視兔子的要脅，用眼神示意左牧照做。

左牧半信半疑地照著羅本剛才開槍的方向，射擊鐵罐旁邊的玻璃瓶，然而子彈卻沒能成功貫穿玻璃瓶，而是偏離射程路徑，打在木架上面。

他茫然地張著嘴，低頭盯著這把手槍，頭痛萬分地嘆氣。

「……兔子，把刀收起來。你要再繼續欺負羅本，就不准跟著我。」

兔子臉色大變，馬上就乖乖聽話，急急忙忙貼到左牧身旁求原諒，一旁的黑兔趁機會撲過來，卻被他單掌抓住臉，用力甩飛。

羅本一臉無奈地看著黑兔被甩遠，撇著嘴對左牧說：「你明白我想說什麼了？」

「嗯，我懂。」左牧將手槍放回桌上，「沒想到是SIG Pro系列。」

這把手槍扣下扳機時候有種卡頓感，單次射擊準度偏低，但如果是連續射擊的話穩定度反而很優秀。即便如此，它仍然是十分受到歡迎的槍種。

雖然左牧早就知道自己的射擊能力和羅本有差，但，沒比較沒傷害。

「這個系列的手槍是最好改造的，你會這樣說，就表示這裡的手槍都被動過手腳吧？」

「對，它們被強制設定成只能單發射擊，後座力不強表示它的火力並不大，還有就是，這把槍的型號並沒有在市場上流通。」

這句話左牧沒辦法當作沒聽到，「也就是說，這間倉庫除了市面上有的武器之外，還參雜著研發中、還未經過測試的新型號？」

「在實戰中測試武器是最快而且最方便的，會故意把這種武器參雜在武器庫當中，就是因為知道參與的玩家大多沒有這方面的相關知識。」

「原來如此，這座島就是大型的白老鼠實驗室。」

羅本點點頭，「以防萬一，你的武器由我來選，順便找找看有沒有手電筒之類的東西，總覺得你會需要。」

「知道了。」

左牧冷汗直冒，這種時候他就會覺得身旁有個軍事狂的感覺真好。

在羅本仔細挑選過後，左牧拿到一把手槍和筆型隨身手電筒，而羅本自己則是背了兩把狙擊槍，外加不知道裝了多少東西的黑色袋子。

「你當我們是去郊遊嗎？」

「要我現在去做便當帶過來？」

羅本沒聽懂左牧是在調侃他，自然而然地以為他是怕肚子餓才這樣說。

放棄掙扎的左牧，最後只能無奈抹臉，帶上兩隻兔子離開倉庫。

倉庫外面，是面對上坡路段，簡單用石頭堆砌成樓梯的粗糙小徑，入口處立著一個電子看板，閃爍著遊樂設施的名稱以及注意事項。

「實境射擊遊戲場」——光看名稱就可以明白這座島是什麼樣的遊戲主題。

不知道該說運氣好還是不好，這個遊戲還滿適合他們四個人。

左牧接著看上面顯示的規則解說。

玩家可以使用自己的武器或是倉庫內提供的武器；遊戲場地除了會與其他玩家相遇之外，也有可能會遇到其他敵人；死亡即為遊戲結束……諸如此類的說明，對左牧來說並沒有什麼可用價值。

最後，他將目光落在沒有被列在規則內的敘述文字上面。

島主徽章位於山頂立碑。

「哈啊……看來得攻頂了。」

看到這行字的左牧，忍不住大口嘆氣。

運氣有夠糟糕，雖然遊戲看上去很單純，並不複雜，卻很花時間跟體力。

爬到山頂並不是什麼難事，但問題是在這沒有開發路徑的山區來說，手邊沒有定位系統的他們很容易就會迷路。

一個不小心，很有可能就會遭遇山難。

「早知道要爬山，我就不帶這麼多有的沒的。」

羅本邊碎念邊把裝備改成輕裝，只背著一把狙擊槍和小包包，跟剛走出倉庫時完全不同，可以明顯感覺得出他並不想要帶著累贅登山。

兩隻兔子本來就沒帶東西，也不在乎要在這座島幹什麼，把所有事情扔給左牧和羅本去煩惱。而現在，左牧感到十分困擾。

四十三張通行證的遊戲內容竟然是打野戰外加登山，未免也太簡單了吧？

「走吧。」

不前進的話，他滿腦袋的問題都不會得到解答，只能想辦法靠自己找答案。

羅本和兔子們點點頭，跟在有些緊張的左牧身後，踏上眼前的階梯。

／

『歡迎進入■■山，請使用手環定位前進目標。』

剛踏入山區沒多久，左牧的手環就突然發出聲音，差點沒把他嚇死。

他還以為不會再聽見這個讓人渾身起雞皮疙瘩的系統說話聲，沒想到竟然會在這種時候被搭話，反而讓人有些措手不及。而且山的名稱不知道為什麼被雜訊抹去，根本聽不清楚名字，有種毛骨悚然的感覺。

不過，只有他的手環傳出聲音，也就是說系統只會跟剛才刷手環登島的玩家進行對話，如果說這是故意為之的行為，那麼這個小小的差異點，很有可能會成為團體之間的裂痕。

畢竟僅限一個人的「特權」，很容易就會成為爭執點，尤其是當性命受到威脅時更容易會因為情緒起伏而失去判斷。

但幸好，這種事不會發生在他們四人身上。

左牧抬起手，抿唇盯著它看。

手環上的燈光不斷閃爍，就像是在確認他們的位置，沒過幾秒鐘時間再次傳出聲音。

『**已確認您的位置，請依序前往指定目標地點。**』手環根本是單方面提供資訊，不接受詢問也不打算進行對話，直接下令：『**立牌位於三號點，您必須到達一號以及二號點之後才會得到立牌所在處的準確位置。**』

手環不停歇地說：『**一號點位於西北方的登山小屋。**』

說完，手環突然有燈光照出來，顯示出立體指針，指引方向。

左牧試著轉移方向後發現指針都只固定朝著某個方向前進，很快就明白這東西的作用。看來它比預料得還好一些，至少不會讓玩家完全迷失。

「搞什麼？這手環還有定位作用？」羅本把臉湊過來，皺眉盯著左牧的手環，「真是讓人毛骨悚然，沒有告知距離和緯度，單純只提供方向的話，給的情報也太薄弱了吧！」

「但至少不會讓我們像無頭蒼蠅一樣，浪費多餘的時間。」

「是這樣沒錯……總之，小心點。」羅本雙手環胸，不忘提醒左牧，「你還記得在港口看到的那幾艘船吧？」

「我懂你的意思，不用擔心。」左牧抬起頭，觀察天空，「總之我們先往一號點走，越快越好。」

天黑之後，山區的視線會變得更加困難，所以他們得盡量在白天時到達立牌位置才行，但前提是不會遇到其他干擾。

這時的左牧，只是單純地期望著，然而現實卻總是喜歡賞他一巴掌。

一路走來都沒有遇到任何危險，也沒有和其他玩家相遇，順利到讓他差點忘記自己現在是在通關任務，直到在他們好不容易來到系統指示的一號點之後，從登山小屋傳出的淒厲慘叫聲將他狠狠拉回現實。

聲音很可怕沒錯，尤其是在這種未知的情況下，更容易讓人慌張不安，然而兔子跟黑兔的反應卻很平靜，完全不為所動。

左牧剛開始確實有被聲音嚇到，但在觀察兩隻兔子的反應後，他很快就意識到情況不太對勁。

若真的有危險，兔子早就已經把他扛在肩膀上，逃得遠遠的，既然兩隻兔子都認為這間登山小屋沒有危險性，那麼就不需要擔心。

左牧邁開步伐，打算接近小屋，可是黑兔卻很不客氣地揪住他後頸的衣領。

「幹嘛？」

「別那麼急，等一下就對了。」

左牧不清楚黑兔在賣什麼關子，剛對他投以困惑的視線，小屋的正門就突然被人從裡面撞開，兩三個人腳步踉蹌地摔出來。

他們一個個面色驚恐，雙手和衣服全都是鮮血，像是被人追殺，就算是爬也要遠離那間屋子。

這些人朝左牧等人的方向跑過來，卻無視他們的存在，直接逃下山。

左牧皺緊眉頭，低聲喊道：「兔子。」

聽見他呼喚自己的名字，兔子立刻就明白左牧的意圖，迅速跑向那群人，隨手將跑得最慢的男人抓回到他的面前。

「呃啊啊啊啊！」

被兔子抓住的男人，嚇得大叫，不斷甩動手臂、用力踹腳，試圖掙扎逃走。

兔子黑著臉把人用力摔在地上，左腳踩住他的一條手臂，單手接住羅本扔過來的手槍，連眼睛都沒眨，直接朝男人的頭部開槍。

碰。

槍響聲迴盪在樹林裡，同時也讓男人停止慘叫。

他驚恐地顫抖著，慢慢轉頭看著落在自己臉頰旁不到三公分距離的彈孔痕跡，面無血色。

成功讓男人安靜下來之後，兔子把手槍扔回給羅本，跨開雙腿直接坐在他的腹腔位置，掏出軍刀威嚇。

「別擔心，沒我的指示，他是不會殺你的。」

左牧從另外一側探出頭，出現在男人的視線範圍之中。

不知道是因為剛才的驚嚇，又或者是被兔子要脅的關係，男人覺得左牧的出現反而讓他安心許多。

「有點事要問你，問完之後我就會放你走，明白的話就點頭。」

男人用力點頭，這才讓左牧重拾笑容。

他那看上去聰穎、不畏懼危險的爽朗微笑，讓男人漸漸冷靜，甚至有些看呆了。但就在他的腦海剛閃過「這男人的笑容真不錯」的想法後，閃閃發光的軍刀立刻往他的左眼插下去。

「噫！」

眼睛下意識地緊閉起，他還以為自己的眼珠要被刺穿，但等了幾秒鐘之後都沒有感覺到疼痛，才慢慢睜開眼。

刀刃完美計算好落下的距離，停在距離他的瞳孔不到一公分的距離。

男人倒抽口氣，甚至產生兔子比屋裡的發生的事還要恐怖的想法。

「兔子。」

左牧開口呼喚兔子的名字，這才讓兔子乖乖把刀收回。

男人緊張到連口水都難以吞嚥，但很快地，登山小屋裡傳出的齒輪轉動聲劃破了他們之間寧靜的氣氛，同時也讓男人再次回想起恐懼的感覺。

「啊……啊啊……」男人抱著頭，身體抖得比之前還要誇張。

左牧和其他人對看後，皺著眉蹲下身，掐住男人的臉頰質問：「那間屋子是什麼情況？把你知道的情報告訴我。」

他原本擔心這個人會因為再次被恐懼吞噬，而沒辦法回答問題，所幸他還是問出自己想要知道的情報。

在問完需要的情報後，他讓兔子把人給放了。

左牧起身，重新看向那間屋子，以及那扇被這群人撞開後，因有些毀損而搖搖欲墜的門板，垂下眼眸。

「陷阱屋嗎……竟然指定要我們進去這種地方，擺明是把我們當成白老鼠。」

羅本很不滿，他最討厭這種狹窄的空間，光是想到要進去那種充斥血腥味道的空間，就渾身不舒服。

左牧單手扠腰，另一手放在下巴輕輕磨蹭，仔細思考剛才那個男人說的話。

根據男人所述，他們的情況也是差不多，之後被指引來到登山小屋，而且根據指示，他們必須進入小屋待滿指定時間，系統才會告知二號點位置。

男人和他的隊友們單純以為只要忍受屋內的漆黑和刺鼻的血腥味道就好，直到陷阱啟動後他們才意識到，這間登山小屋根本不如他們所想的那樣單純。

他們還算幸運，發現得早，所以只損失一名隊友就順利逃出來，當然他們也在過程中受了點小傷，但是只要能保住命，就算斷條腿他們都不介意。而左牧他們所聽見的慘叫聲，正是那名被屋內陷阱殺害的人所做的最後掙扎。

與樂園所在的主島相比，這裡倒比較像是左牧所認識的「遊戲」，重點是，他們終於在遊戲裡遇到ＶＩＰ之外的普通玩家。

主辦單位絕對不可能讓那些重要的ＶＩＰ客戶受到傷害或死亡威脅，單就這點來說，要區分普通玩家和ＶＩＰ玩家還是滿簡單的。

「進去吧。」左牧轉頭對另外三人說道：「我們不能在這種地方浪費太多時間，我跟兔子進去就好，你們兩個在外面待命。」

羅本當然同意，但黑兔卻很不是滋味地嘟起嘴。

「欸——為什麼？我也要進去！就你們兩個玩也太奸詐了吧！」

「再多嘴你就給我回船上去。」

「……嘖，知道了啦！」

羅本單手抓住黑兔的腦袋，對左牧說：「不用所有人都進去？」

「嗯，不用。」左牧輕輕甩動手環，「它是記錄登記的人，所以照道理來說，只需要我進去就好。」

「小心點。」

「有兔子在，我死不了的。」

「呵，說得也是。」

留下黑兔和羅本的左牧，帶著無論如何都會跟在他屁股後面的兔子進入登山小屋。

屋內的情況和逃出的男人說的一樣，能見度低到不正常的地步。

窗戶雖然沒有被封死，卻用油漆直接塗在玻璃上面，導致光芒無法照射進來，不僅如此，任何能夠透光的物品，也全都被漆上油漆。

羅本確實有先見之明，替他準備了隨身手電筒，否則他真不知道該怎麼在這種屋子裡面移動。

轉開手電筒之後，耳邊傳來水滴落下的聲響，近在鼻尖的刺鼻血腥味道，讓左牧停下腳步，慢慢抬起頭看向天花板。

長方形的木板貼在天花板上面，木板上裝有許多尖銳的釘狀物。

一個血淋淋的屍體就這樣被強制釘在木板，從屍體呈現的姿勢可以確定的是，這個人是撲倒在地之後被天花板掉下來的釘子木板直接刺死。

因為剛死不久，血還在流，所以左牧很確定這個人就是之前逃跑的那群玩家的隊友。

就在他發現屍體的同時，手環閃爍光芒，熟悉的人工ＡＩ向他傳遞了最新訊息——

『一號點位置確認，開始計時。請至少待滿十分鐘後再離開。』

「十分鐘嗎，跟剛才那個男的說的一樣。」左牧用手電筒照附近的地板，看到不少武器被遺棄，看來在慌亂中逃出屋子的人應該不只有剛才那群人。

「兔子，提高警覺。不知道會冒出什麼樣的陷阱來，我們得做好準備。」

兔子點點頭，緊貼在左牧身後。

他根本就不受黑暗影響，仔細掃視室內每個角落。

齒輪聲迴盪在鴉雀無聲的室內，可清楚聽出那是從牆壁後面傳出來的。

喀、喀喀。

喀喀喀。

忽然，先一步注意到不對勁的兔子，迅速掏出短刀，將從牆壁裡射出來的刀子彈飛。

這個攻擊就像是「開始」的訊號，緊接而來的，是從四面八方傳來的咻咻聲。

刀子隱藏在黑暗中，在肉眼看不見位置的情況下攻擊左牧和兔子，想當然爾，左牧根本不可能知道攻擊從何而來，回過神的時候，兔子已經輕鬆俐落地將所有射向他們的刀子擋開。

刀子落地的清脆聲響，並不是攻擊的結束信號。

搖搖欲墜的正門忽然被向下掉落的柵欄封住，從裡面的房間，慢慢地走出手持鈍器、身材強壯的男人。

左牧才剛將手電筒的燈光照過去，就被揮過來的鐵棒嚇了一跳。

兔子眼看左牧被攻擊，立即擋在他的面前，單手抓住對方揮過來的球棒。

球棒是鐵製的，加上對方的手勁夠強，照道理來說應該不可能空手接住，但兔子卻不為所動，甚至連眉頭都沒皺一下。

他不爽對方攻擊左牧，強行抓住球棒，將人拉過來、縮短距離後進行攻擊。

兔子的踢擊直接命中對方的腹部，可是，這個男人的身體彷彿就像是鋼筋水泥，傳出硬邦邦的聲響。

左牧很意外，但兔子卻很冷靜，只不過，他並沒有立刻發動第二次攻擊，因為他看到另外一個肌肉男已經朝左牧衝過去。

兔子果斷放棄眼前的目標，趕在肌肉男之前抓住左牧的腰，把人扛在肩膀，一路衝上二樓。

這間登山小屋總共有兩層樓，坪數不大，所以能逃脫的空間十分有限。

通往二樓的階梯在感應到人體的重量後，突然插出針刺，打算偷襲，可是卻再次被兔子輕鬆躲避。

他的聽力比一般人來得強，就算是再細微的齒輪轉動聲都能聽得見，所以才能夠在陷阱啟動的同時閃躲開來。

兩人來到二樓，原以為能稍微喘口氣，沒想到面前的小客廳地板竟然被強而有力的拳頭打穿，那三個肌肉男就這樣直接把掛在一樓天花板的吊燈扯下來，連同它周圍的水泥牆一起毀掉。

他們貫穿了一二樓，並透過這個洞口，輕鬆爬上二樓。

「媽的！真是陰魂不散！」

左牧很不爽，難道他真要這樣不停躲避攻擊，直到十分鐘過去為止？

但，事情有點奇怪。

剛才那群玩家進入登山小屋的時候，並沒有被困在這裡，為什麼輪到他們之後就拉下柵欄，像是故意要把他們關在裡面。

還有，這三個熟悉到不行的肌肉男，很顯然就是在絕望樂園裡見到的那個怪物，雖然身形比較小，但他很肯定他們是一樣的。

這讓左牧忍不住懷疑，該不會主辦單位又在監視他們的行動？

「……哈！在這種情況下逗留十分鐘嗎？」左牧苦笑，並露出無可奈何地表情，「該死，現在看來，這完全就是在故意拖延時間。」

肌肉男揮舞著手中的球棒，絲毫沒有給他們喘息空間，不斷發動攻擊，為了不讓左牧被牽連，兔子主動貼上前，在與左牧保持安全距離的情況下徒手和那三個肌肉男戰鬥。

近身搏鬥對兔子來說並不是什麼難事，尤其是這些肌肉男不過就是力氣大、身體強壯而已，就算沒有使用全力也能對付得了他們。

然而，牆壁後方轉動的機械聲卻重新把兔子的注意力吸引過去。

很快意識到這是什麼聲音的兔子，突然拋下肌肉男，轉身朝左牧跑過去。

左牧看到兔子一臉陰沉地跑過來，嚇了一跳，還沒意識到發生什麼事，就被他撲倒在地。

倒下前，眼角餘光似乎看到一閃而逝的紅光，緊接著就是機關槍掃射的聲響。

子彈貫穿三名肌肉男，無視於同伴進行掃射，在牆壁、地板留下清晰的彈痕，甚至快把傢俱打個稀巴爛。

射擊持續了整整一分鐘左右才停下來，位於牆角的自動機關槍，槍口冒出陣陣白煙，因沒有子彈而停止。

就在掃射停止後沒過幾秒，自動機關槍就被兔子用軍刀刺穿後整個拔下來，他像是早早就鎖定這些機關槍的位置，花不到幾秒鐘時間就把它們全部毀掉。

左牧拍拍身上的灰塵，重新舉起手電筒，而這時兔子也已經把所有危險都清除掉，根本沒有留給他思考的時間。

「總算有點像是實境射擊遊戲。」

左牧感慨道。

多虧兔子的超快速應對能力，他並沒有感受到太大的威脅。

剛才的情況，如果不是兔子即時把他撲倒在射擊死角區域的話，他恐怕已經被打成蜂窩。那種攻擊，換作是普通人的話老早就沒命了，很顯然這間登山小屋的目的就是讓玩家死在這裡面。

兔子抓住左牧的手臂，把他從地上拉起來。

樓梯沒辦法走，但幸好那三個肌肉男已經替他們在地板開出大洞，所以要回到一樓不是什麼太大的問題——

正當左牧在思考要回去一樓，還是待在二樓等十分鐘過去的時候，他的臉上再次出現紅色光點。

那是紅外線雷射瞄準器。

兔子臉色一沉，立刻伸手護住左牧的頭，並把他拉離瞄準範圍外，接著第二波掃射如驟雨般襲來。

這回，兔子並沒有完全掌握攻擊的方向跟範圍，於是他只能抱著左牧躲在肌肉男的屍體後面，靠著牆壁縮在角落。

幸虧肌肉男的身材壯碩，就算被當盾牌也沒有什麼太大的問題。

然而，兩人都知道這並不是最佳的解決辦法。

「兔子，我們回一樓……你受傷了？」

左牧抓住兔子摟著自己的手，卻碰觸到溼潤的液體，這才驚覺兔子竟然被子彈打中。

他立刻用手電筒察看兔子的傷勢，幸虧子彈只是擦過去而已，並不是什麼嚴重的傷口。

兔子一臉沒什麼大不了的樣子，歪頭盯著皺眉的左牧。

雖然知道現在時機不太對，但他還是忍不住因為左牧擔心自己而感到心花怒放，甚至差點忘了他們還在被機關槍掃射。

「……總之我們努力撐過這十分鐘吧。」看著兔子笑盈盈的表情，緊張的氣氛一掃而空，左牧也不知道該說什麼才好。

兔子點點頭，同時，掃射也停了下來。

他笑著反握軍刀衝出去，在沒有任何光線的黑暗中迅速找出機關槍的位置，再一次輕而易舉地將它們毀掉。

漆黑的空間對兔子來說，根本就不是阻礙他的問題所在。他那雙像是能在黑暗中發出光芒的銳利瞳孔，清清楚楚地將屋內的一切看在眼裡。

左牧不由得苦笑，他所飼養的果然不是什麼普通的可愛小兔子。

每當深刻體會到這種事的時候，他就會慶幸兔子是同伴而非敵人。

兔子再解決完剩下的機關槍之後，笑著跑回左牧身邊，想要跟他討獎勵。

左牧摸摸他的頭說道：「做得很好，兔子。」

明明有令人畏懼的可怕實力，但兔子卻只想要他給予的獎勵作為回報。

偶而，左牧會因為兔子的這點而忍不住想要去照顧他，所以即使知道兔子來自於「困獸」這個危險的組織，也不曾想過要拋棄他。

因為他知道，兔子需要的並不是物質上的滿足，而是精神上的依存感。

登山小屋不時傳出槍聲，光聽聲音就可以知道那是什麼類型的槍枝，但站在外面等候的羅本和黑兔卻不為所動，甚至一點也不擔心裡面的人是否安全。

畢竟跟左牧一起進去裡面的可是那隻兔子啊——只要有他在，左牧就絕對不可能受到半點傷，而那像是有著不死之身的兔子也沒那麼容易就被那種程度的機關殺死。

總結來說，黑兔跟羅本並不擔心，倒是比較在意這座島的「遊戲」。

「明明是實境射擊遊戲，但到現在為止，完全沒有這方面的氣氛。」羅本皺著眉頭，十分認真地思考，「難道你不也覺得奇怪嗎？」

機關屋什麼的，就算裡面有安裝槍械的武器攻擊，也跟射擊遊戲沒有什麼太大的關聯，也就是說這間登山小屋並不是真正的遊戲內容。

主辦單位不會設計出偏離主題的遊戲，而且再怎麼想，他都覺得登山小屋的存在只不過是一種拖延時間的手段。

他很希望是自己想太多，然而很可惜的，他的直覺向來很準。

「……喂，是不是有點不太對勁？」

羅本詢問身旁的黑兔，黑兔雙手枕在後腦杓上，一臉悠閒地吹著口哨，並勾起嘴角輕笑，故意裝傻反問：「你是指什麼？」

聽到他這麼說，羅本基本上就可以確定黑兔跟他一樣，都已經「察覺」到了。

他冷靜的臉龐和黑兔那雙帶著戲謔笑意的眼眸面對面的瞬間，登山小屋的窗戶被人由內而外撞破。

兔子用全身護著左牧，撞破窗戶跳出來，接著，他們所有人清楚聽見從各自手環上傳來的人工ＡＩ宣告的聲音──

『一號點位置任務完成。二號點位置確認，開始累計數量。請確實奪取二十條性命。』

這次並不只有左牧的手環發出聲音，他們所有人的手環同時閃爍光芒，並宣告第二項任務的指令。

羅本和黑兔沒有多餘的時間去思考，兩人見兔子拋下他們，順勢抱著左牧衝進樹林之後，立刻追上去。

他們早就已經察覺到登山小屋周圍有人在埋伏，所以二話不說就決定跟著兔子，但就在他們衝進樹林的瞬間，幾名手持衝鋒槍的男人衝出來，直接就將槍口對準他們四人。

羅本才剛準備拿出手槍反擊，黑兔就已經先一步衝上去，輕輕鬆鬆用拳頭將對方揍到昏厥，順便把這些衝鋒槍的槍管徒手捏爛。

連開槍射擊的機會都沒有，這幾把槍就這樣成為了廢鐵。

正當黑兔想要就這樣殺死對方的時候，左側射過來的子彈阻擋了他的行動，逼迫他跳離原處。

「嘖！」

黑兔很不爽地抬起頭，狠狠瞪著朝他開槍的人。

對方並不畏懼黑兔充滿殺意的眼神，但他並沒有把槍口對準黑兔，而是瞄準跑在前方的兔子。

只可惜，他沒有機會扣下扳機。

碰地一聲，子彈從黑兔的耳邊飛過，並準確擊中舉槍瞄準兔子的人，將他的眉心打穿。

黑兔嚇了一跳，猛然轉身，這才發現羅本不知道什麼時候已經拿出狙擊槍並瞄準對方射擊。

此時，手環裡也傳出人工ＡＩ的提示聲。

『一。』

彷彿在計算死亡人數似的，在對方倒地的同時，人工ＡＩ馬上就收到通知。

也就是說，他們處於被監控的狀況下，否則死亡的情報不會如此即時。

羅本迅速將槍背置身後，出聲提醒黑兔：「愣著幹嘛？還不趕快追過去，兔子那傢伙是認真打算把我們甩掉。」

兔子根本不想管他跟黑兔的死活，所以羅本也只能咬牙苦追，還得考慮到附近的敵人，適當地將危險處理掉。

雖然這是因為兔子信任他，才把自己的背後交給他來處理，但羅本還是很討厭他這種硬要他配合的態度。

若不是知道兔子的個性就是這麼難搞，他也不會乖乖照辦。

然而，僅僅只是短暫停留幾秒鐘開槍的他們，卻很快就被敵人攔住去路，強行和跑在最前方的兔子與左牧分開。

是打算把他們分開後慢慢收拾掉嗎？羅本皺著眉頭思索，就算眼前的情況看上去很像是這樣，可是不知道為什麼，他並不認為這些人的目的如此單純。

「嘖，該死。」

黑兔不願拋下羅本一個人，所以和他一起留下來，他慢慢後退，和羅本背貼著背，冷眼掃視這群將他們包圍起來的敵人。

從這些傢伙的姿勢、行動來看，儼然並不是生手，但如果是主辦單位雇用來的傭兵或殺手，也不可能如此無視自己的性命。

這群人就像是完全豁出去了一樣，早已不把自己的命當回事。

羅本也注意到這些人的情況，同時也留意到他們脖子上令人熟悉到不行的裝置。這時他才意識到眼前這些殺紅眼的傢伙，跟之前被囚禁在島上的囚犯一樣。

看來那座島的遊戲在被左牧毀掉後，主辦單位就把原本要安排到那座島上的囚犯，轉移到其他遊戲場地。

「雖然很值得同情，但我並不打算浪費時間。」

羅本握緊手中的槍，向貼著自己的背的黑兔低語：「剛才系統說了要二十條人命，你還記得吧？」

「記得。」黑兔聽到羅本提起這件事之後，笑出聲來，「你是打算由我們兩個人來完成這個任務？」

「兔子那傢伙就是打這個主意，才故意把我們甩掉的。」

「……我想也是，他肯定不想在自己的飼主面前殺人。」

黑兔很清楚這點，是因為向來殺人如麻的兔子，在被左牧飼養之後就變得不再隨便取人性命。

就算不用問也能知道，這肯定是左牧的命令。

「該死的三十一號，老是把麻煩的工作扔給我們。」

「常跟他們倆待在一起的話，就會慢慢習慣。」

黑兔咬牙切齒，心裡很不是滋味，但羅本卻是早已習以為常。

反正在兔子的眼裡，他就是個十足的工具人，連「搭檔」兩個字都沾不上邊，雖然他確實也不想被那種性格古怪的傢伙纏上，但還是會很想揍人。

於是乎，他把心中對兔子的不爽，果斷發洩在敵人身上。

「總之我們先處理『任務』，其他事晚點再說。」

「是是是——」

黑兔一邊扭著拳頭，一邊懶散地回答。

他悄悄抬眸盯著羅本的側臉，雖然羅本認為兔子沒把他當回事，可是從他的角度來看，卻是恰恰相反。

若沒有足夠的信任，兔子是不可能把事情丟給羅本去處理的。

正因為他相信羅本能夠明白他的意思，而且還能完美達成，所以才不是透過言語，而是利用自己的行動來讓羅本意識到自己的想法跟意圖。

羅本明明是個聰明人，卻不知道為什麼在這方面顯得有些遲鈍。

這兩個人，看似水火不容，實際上卻是默契十足的搭檔——再次意識到這點的黑兔，心裡很不是滋味，總有種被這三個人遠遠拋下的錯覺。

「只要二十個人是吧。」

「對。」羅本見黑兔一副蓄勢待發的模樣，便接著問：「你該不會是想一個人……」

話還沒說完，黑兔就已經用飛快的速度，徒手衝向面前的敵人。

羅本被他突如而來的行動嚇一跳，同時也發現敵人們正因為黑兔的突擊而敏感地舉起手中的槍，對準黑兔的腦袋。

「嘖！自我中心的混蛋！」

羅本碎念後迅速舉起手槍，在那些人想要扣扳機前先用子彈打斷他們的手指，而黑兔也趁這個瞬間揮出拳頭，輕而易舉就把對方的腦袋打爆。

那並非單純的頭破血流，而是頭顱扭曲，甚至可以看到人腦從頭殼裡被推擠出來的畫面。

這力道，絕對不是像黑兔這樣的年輕人會擁有的，簡直就是個怪物。

羅本開槍輔助黑兔進攻的同時，其他敵人也把槍口對準了羅本。

當然，被瞄準的羅本早就已經注意到，也很清楚自己是這些人攻擊的目標之一，但在他閃避或反擊之前，黑兔的身影就已經從他眼前掠過，短短不到幾秒時間就把想要開槍射殺他的敵人踩在地上，而且還是用雙腿狠狠踩下去，將人直接折成ㄑ字型。

——那已經不是人能夠呈現出來的姿勢了。

羅本眨眨眼，恍神之際聽見手環傳來一聲又一聲的系統提示。

『七、八……』

『十二、十三……』

數字飛快往上累計，除了第一個人之外，這些死亡數字全都是黑兔一個人的傑作。

敵人開始退卻，因為黑兔像個瘋子般徒手將人捏碎的畫面，讓他們意識到就算手裡有槍也對付不了這個男人的事實。

羅本看見敵人有意退回樹林，與黑兔保持距離，而滿手鮮血與人肉碎末的黑兔則是勾起嘴角，腥紅色的瞳孔將這些人慌張的表情映入眼底。

「你們打算去哪？我們不是玩得正開心嗎？」

明明是如孩童般玩耍、調皮的笑臉，卻有著讓人打從心底畏懼的氛圍。

在黑兔開口詢問後，數個紅點聚集在他身上。

是紅外線瞄準鏡！

意識到這點的羅本，迅速拿出掛在腰間的煙霧彈，拔開後扔擲到黑兔腳邊。

大量的煙霧不到三秒就將黑兔的身影淹沒，瞬間失去目標的紅點們，全都照射在揚起的煙霧上面，同時也讓羅本迅速確認了狙擊手的位置。

計算出死角位置的羅本，立刻藏起來，趴在地上按兵不動，不久前還跟他有段距離的黑兔不知道從哪冒出來，在他的身邊仰躺。

羅本無言地看著悠哉自若的黑兔。

這傢伙完全不像是幾秒鐘前被槍口瞄準的人，倒像是在這裡偷懶、打發時間，不過從他衣服殘留的血跡，和沾滿鮮血的雙手，都可以明確知道他剛才到底幹了什麼好事。

「狙擊手好麻煩啊——」

黑兔懶散地抱怨。

羅本瞪了他一眼，嘆了口氣。

「就知道你不會跟我道謝。」

「就算你沒扔那顆煙霧彈，我也能逃走啊。」

「……好，就當我做了多餘的事。」

羅本不想理他，現在他比較在意隱藏在暗處的狙擊手。

現在出去的話，被狙擊手發現的機率太高，但他們也不能躲起來什麼都不做。

尤其是，樹林裡還有其他敵人在。

才剛這麼想，原本退到樹林裡躲起來，手持衝鋒槍的敵人們再次出現，黑兔跟羅本立刻起身閃躲他們的射擊，但同時瞄準他們的紅光也落在他們身上。

率先發現的羅本，拽住黑兔的衣服把人往後拉，下一秒，狙擊槍的彈孔便清楚的打在黑兔原本所站的位置。

他們並沒有多少時間喘息，第二發、第三發子彈很快就射過來。

羅本和黑兔憑藉著經驗與直覺，閃開所有攻擊，這些狙擊手就像是剛才的他們，完美配合著負責近戰的同伴，對兩人展開連續攻勢。

不擅長近距離戰鬥的羅本，只能盡可能保命，不被子彈打中，正當他想要確認黑兔的安危時，卻發現原本站在他身旁的黑兔，不知道跑去哪。

「黑、黑兔？」

羅本先是一愣，但敵人緊接而來的開槍射擊，讓他沒有多餘心思去擔心黑兔。

他和這些人保持著安全距離，並用手槍反擊，雖然他的準度很高沒錯，但對方也不是什麼省油的燈，根本不給他瞄準重要位置的機會。

既然無法殺死對方，羅本只好攻擊他們持槍的手部。

槍彈雨林中，手環又再次發出通知，但羅本根本沒注意到。

『……十九、二十。』

系統計算的數字，確實達到了任務所指定的人數。

就像是在宣告任務通過一樣，原本還在開槍瞄準他的敵人們，脖子上的項圈突然引爆，將所有人的腦袋全部炸成碎片。

爆炸威力很強，加上數量眾多，強勁的風壓捲席著羅本的身體，並讓他整個人消失在黑色煙霧之中。

沒過幾秒，羅本從煙硝裡衝出來，不停咳嗽。

「咳咳咳……」

「喂，沒事吧？」

黑兔從樹枝上跳下來，雙手插在口袋裡，緊跟在狼狽的羅本身旁。

羅本朝他翻了個白眼，「你行動前就不能先說一聲嗎？」

「沒什麼時間講嘛，而且我覺得你應該能對付得了那些傢伙，所以才想說狙擊手交給我來處理比較快。」黑兔嘻嘻笑道：「不過有我在你還能殺得了一個人，真的很厲害呢你。」

羅本並不想要黑兔的讚賞，臉色鐵青地看著那張笑臉的他，只想揍人。

「走吧，我帶你去找三十一號。」

「你知道他在哪？」

「大概。」黑兔抖抖鼻子，「就算血腥味再重我也能聞得到他的位置。」

「……獵犬嗎你。」

「哈哈哈！」

黑兔沒有回答，只是大笑。

羅本眨眨眼，覺得自己根本是白問了。不再跟他唇槍舌戰的羅本，嘆了一口氣之後，跟著黑兔往兔子和左牧所在的位置前進。

／

『二號點位置任務完成。三號點位置確認。』

左牧的手環傳來提示音，並接著說出最後目的地的所在地。

『請繼續直行至山頂，立牌位於您的右手邊。』

說真的，人工AI給予的方向提示實在有夠粗糙、簡陋，但現在他們也只能依賴它所給予的提示。

看樣子羅本和黑兔很快就明白他跟兔子的意思，所以才會在這麼短時間內完成二號點的任務，左牧心裡雖然有些複雜，可是他現在沒有能夠對其他人仁慈的餘裕。

在兔子一如往常的超快速度協助下，他們很快就來到山頂。

山頂是一大片空地，連雜草也沒有，就只有建在懸崖邊上的景觀台。景觀台的正下方是尖銳的礁岩以及強勁的海浪，墜落的話，即便是兔子這種強大到不行的男人，存活機率也是微乎其微。

當然，左牧根本不打算掉下去。

兔子小心翼翼地將左牧放在地上，這時左牧才意識到兔子已經來到人工ＡＩ所指示的位置，可是這裡什麼都沒有，當然也沒有見到所謂的「立牌」。

「嘖。」左牧不由自主地咂嘴，「那個混帳ＡＩ……」

兔子歪頭盯著左牧，對山上景色完全沒興趣的他，更在乎的是從剛剛開始就突然撤退的追兵。

在殺死二十個人的任務結束後，那些手持武器、窮追不捨的敵人全都放棄追逐，比起因為理解實力差距而撤退，他更覺得那些人收到了命令才這樣做。

「不對，既然是主辦單位設計的遊戲內容，就不可能會有這種詐騙行為。」左牧還在思考，並到處尋找立牌的位置，嘴裡不斷嘮叨：「島主徽章……立牌……說起來它這次並沒有說明『任務』內容。」

單就這點來看，有點奇怪。

前兩個位置，人工AI都有仔細說明需要完成的任務，可是這次卻沒有，所以他原本還以為是因為立牌位置比較棘手，所以光是想辦法取得就已經足以作為挑戰任務，才沒有再另外安排。

但在這麼空曠、沒有半個像是立牌的東西存在的山頂，怎麼看都像是被耍了。

人工AI是單向通訊設定，他無法詢問也無法對話，可是他也沒有時間繼續浪費下去，逗留的時間越長，他們的處境也會變得越來越危險。

在離開登山小屋，被兔子扛著跑的時候，他注意到那些窮追不捨、手持槍械的敵人脖子上有熟悉的裝置，那東西就跟之前限制兔子的項圈是同樣的東西，於是他很快就知道，這群敵人都是有經驗的囚犯。

既然主辦單位使用那麼多囚犯參與遊戲，那麼在絕望樂園這邊會出現同樣的人也不足為奇，只不過在主島的時候，這些人並沒有出現，也就是說主辦單位安排他們在各個群島作為攻擊武器使用。

「確實很有主辦單位的風格。」左牧抬眸，仔細觀察眼前這片泥土色的地面，靜靜地蹲下身，捏起泥土輕輕搓揉。

泥土並不如想像那樣溼潤，但是卻很容易就可以捏起來，放在指腹間推揉的觸感也很柔軟。

也就是說，這裡的土有被挖過。

「……兔子。」

兔子彎下腰，將臉貼近左牧耳邊。

左牧拍掉手上的泥土後對他說：「這裡的土被人動過，雖然這只是我的猜測……但我想這裡應該是地雷區，你覺得呢？」

兔子點點頭，隨手撿起地上的小石頭，用力往前扔擲。

石頭落地的瞬間，地面瞬間引爆，揚起高高的沙塵，隨風吹往大海的方向。

地面被炸出一個小凹洞，下陷幾公分，周圍安然無恙，並沒有因為這次爆炸而爆發連鎖反應，但地雷的敏感度卻讓人冒冷汗。

兔子露出閃閃發光的笑容，滿心期待能夠得到左牧的稱讚，但左牧卻是臉色蒼白，尷尬地勾起嘴角苦笑。

「媽的，隨便講講還真猜中了？該死的直覺。」

左牧並不是有意罵髒話，實在是因為太過無言。

怪不得人工ＡＩ沒有下一步指示，因為島主徽章就藏在這片地雷區之中。

這下可好，他又不是軍人，就算有從警經驗也不見得能夠對付得了藏在地面下的地雷。

於是他抬起頭，朝兔子看過去，半信半疑地問：「我說，你該不會是知道地雷位置，所以才扔石頭過去給我看的吧？」

兔子張大水汪汪的眼眸，就像是在質疑左牧為什麼要問他這麼淺顯易懂的事。對他來說，眼前這片地雷區根本不足為懼。

看著他一臉無辜的模樣，左牧忍不住笑出來。

「……哈。」他笑，是因為他覺得自己應該已經夠瞭解這隻兔子，沒想到竟然還會再次被他的強大所震撼。

於是他問：「兔子，你有信心能完好無缺地從地雷區裡把徽章找出來吧？」

兔子觀察眼前這片區域幾秒鐘之後，點了點頭，就像是已經確定徽章的位置一樣，從他的臉上完全看不見苦惱或困惑。

他撿起樹枝，在地面畫出幾個小圈圈，每個圈圈都維持著一段距離。左牧很快就看出這些小圈圈指的是地雷，兔子正在畫地雷的配置方式給他看。

最後，兔子指著其中一個小圈圈，看樣子徽章就在這。

雖然左牧仍然有點在意「立牌」這個詞，但兔子卻已經扔掉樹枝，準備進入地雷區，所以他也只能先暫時把這件事拋在腦後。

「小心點。」

左牧的提醒讓兔子很開心，他伸了個懶腰，稍微拉拉筋之後，迅速跑進地雷區。原本進入地雷區應該需要放慢速度並小心腳步，但兔子卻沒有絲毫顧慮，就像是知道所有地雷埋藏的位置，完美繞過去。

沒過多久，他放慢速度停下來，蹲在地上徒手挖掘地面，把埋在裡面的東西挖出來之後，高舉起來給左牧看。

左牧瞇起眼，努力看清楚兔子手裡的東西。

跟想像中不同，是個透明盒子，裡面好像裝著黑色的物體，但近視眼的左牧看得不是很清楚，直到兔子拿著它回來才明白那是什麼。

透明盒子裡裝的是個像遊戲卡匣的道具，左牧把它拿出來之後反覆翻來翻去，實在搞不懂這是什麼，甚至懷疑它是不是島主徽章。

與其說徽章，倒不如說像是晶片之類的東西。

總而言之，他還是先將卡匣收進口袋，打算等回到船上後再拿給謝良安檢查。

「比想像中簡單……不對，是因為有你們幾個的關係，所以才會這麼輕鬆吧。」

他所選擇的第一個群島遊戲，難度對他們四個人來說還算可以，攻略它的時間也比想像中來得短，但對普通玩家來說，這座島的攻略難度偏高。

果然這種組隊型的遊戲，還是得靠隊友才行。

「走吧，我們去跟羅本他們會……呃！」

然而，左牧還沒安心幾秒，地面就突然劇烈震動到讓他難以站穩的地步。

「搞什麼？地震？」

左牧下意識認為是地震，但感覺又有點不太對勁，反而更像有機械在移動。

事實證明，這並非是他的錯覺。

地面真的在「動」，更正確的說法是「下陷」。

腳底的泥土大量下降，就像是地面底下有東西正在把泥土吸進去，讓人失去站立點，身體不自覺地左右搖晃，更棘手的是，地面還在傾斜，而且是往大海的方向下降。

兔子眼看情況不對，單手抓住左牧的腰，雙腿使力支撐身體，雖然成功減緩下滑速度，但沒有脫離險境。

「該死！這座島機關怎麼這麼多！」

不愧是主辦單位安排的群島，是他大意了！

他們剛才看到的看台也跟著下墜，但因為那邊至少還有支撐點，所以兔子果斷地滑向那個位置，雙腳踏在木製的柵欄上面。

大量泥土從上方倒下，因為重力加速的關係，即便是泥土也有足以把人推擠出去的力道。

兔子將左牧緊抱在懷裡，利用自己的身體作為遮蔽，替左牧擋掉大部分的泥土衝擊，所以左牧並沒有受到太大的影響。

此時，傾斜角度已經來到三十度左右，不再繼續往下，震動也跟著停止。

看來他以為是「地震」的部分，是由於機關啟動的關係，一旦達到無法再傾斜的角度，機械運作也會跟著停止。

不知道該不該慶幸，傾斜的地面範圍在地雷區之外，很顯然地雷區為止都還是這座島「原本」就有的土地，其他地區都是主辦單位另外建造出來的機關。

確實，從這個角度的話玩家根本不會察覺，因為山崖位於島的正後方，如果沒有繞島確認，絕對不可能會知道。

正常來說，玩家的目的地都會是港口，自然不可能會從島的正後方通過，再說如果從絕望樂園所在的主島方向過來，第一目標也會是港口，不會從其他角度踏入這座島。

主辦單位完完全全就是算好這點，才會在懸崖設置機關，隨時啟動。

「不、不管怎麼說，這樣下去不是辦法……」

他們位於沒有傾斜的地面有段距離，無法往上爬，但也不可能跳海逃脫，只能無助地被卡在這個尷尬的位置，漸漸失去力氣後墜落至滿是尖銳礁岩的大海中。

可是，左牧並沒有因此感到絕望。

這如果也是主辦單位設計的遊戲環節之一，那麼就一定有逃脫的辦法。

畢竟那些傢伙，並不會去設計沒有逃脫出口的遊戲，因為這是他們的「原則」。

「哈！該死的。」左牧扶著額頭，身體完全依靠在兔子身上，「這裡根本不是什麼實境射擊遊戲，倒不如說是機關屋。」

即便是在這樣的困境下，兔子仍然保持著游刃有餘的態度。

那雙銳利的眼眸飛快掃視周圍，再次確認目前的情況後，發現了一個裝置。

他輕拍左牧的肩膀，拉回他的思緒後，指著地雷區正下方的懸崖位置。

左牧順著他手指的方向看過去，赫然發現那裡有個凸出物，感覺就像是有人把方柱體的水泥塊隨興插在那裡似的。

柱狀體呈現的角度很奇怪，尤其還插在那種地方，顯然不是大自然形成的景象，而是有人「刻意」插在那的。

此時，左牧想起了人工AI從頭到尾都在提的那兩個字。

立牌。

「……別跟我說就是那鬼東西。」

左牧實在是氣得牙癢，但又沒辦法說什麼。

柱狀體的位置正好從他們所在的地方看得一清二楚，讓人很難用「巧合」兩個字去做解釋。

無論是機關的設計、人滑行的距離跟角度，以及那突兀的柱狀體位置——這，全都是主辦單位設計的遊戲內容之一吧。

怪不得機關會停下來，明明只要垂直的話，他跟兔子就會墜入大海，但這個機關就像是在跟他們開玩笑，停在了剛剛好的角度。

他們既爬不上去，也掉不下去，尷尬又耗時間。

不過，他該感謝兔子的觀察力，若換作是其他玩家遭遇這種狀況的話，肯定都已經怕到陷入恐慌，除了喊救命之外什麼都做不了。

「兔子，能靠近那東西嗎？」

兔子點點頭，扶著左牧的腰，慢慢挪動踩著木製扶手的雙腳移動。

腳底踩的木頭傳來喀喀聲響，有種快要支撐不住兩人體重的錯覺，這讓左牧意識到他們所剩的時間不多。

幸好，在兔子的帶領下，他們總算安全地靠近柱狀體。

看清楚它的模樣後，左牧不知道該不該笑出來。

方柱體上面有個發光的箭頭，指向一個像是感應面板的東西。

左牧雖然不太懂這是在幹什麼，但很顯然，這應該是要使用他剛才拿到的卡匣，但問題是，為什麼是感應面板而不是插口？

思考這些事情是多餘的，就目前狀況來說，也沒有給他們猶豫的空間。

「兔子，你能碰到那個東西嗎？」

看台離柱狀體的距離並不遠，但要移動過去幾乎是不可能的事。

可是，那是在一般情況下才會這樣認為，現在他身邊可是有隻無所不能的兔子在，這點小事對他來說不成問題。

確實如左牧所想，兔子立刻就點頭回應。

左牧鬆了口氣，「把我放在口袋裡的卡匣拿過去，碰碰看那個面板。」

兔子再次點頭，並開始摸索左牧身上所有的口袋，屁股、大腿，甚至連隱藏在外套內側的隱藏口袋都被他摸索過一次，但就是沒有去搜最明顯的外套口袋。

要不是因為左牧現在得用雙手支撐身體，否則他早就揪住兔子的耳垂狠狠教訓他一頓。兔子百分之百是故意的，因為平常他根本不允許他這樣亂摸自己的身體。

「……兔子，你給我認真點。」

兔子一臉無辜，像是不明白左牧為什麼生氣，直到他發現左牧真的不爽，才乖乖妥協，把手伸進外套口袋，拿出卡匣。

為了逃離被左牧怒罵的場面，兔子把卡匣叼在嘴裡，挪動雙腳，面對面從左牧的身體跨過去之後，就像是無視地心引力的存在，掏出軍刀，用力往堅硬的懸崖底部跳。

軍刀狠狠插入堅硬的底部位置，慶幸的是這底下並不是硬邦邦的岩石，不影響刀子的貫穿，而兔子就像是早看出這點，才會選擇使用軍刀來做為攀岩道具。

兔子手腳俐落地，花不到幾分鐘時間就跨坐在柱狀體上面，將剛才取得的卡匣放在感應面板上面。

柱狀體發出嗶嗶聲之後，從正後方彈出一個隱藏的置物空間。

裡面放置的是一個硬幣大小的半透明徽章。徽章上刻有動物的圖樣，不過後面並沒有別針，倒是能看到嵌入在裡面的晶片。

兔子知道這就是島主徽章，於是小心翼翼將他收在胸前的口袋裡，重新回到左牧等待的看台位置。

左牧盯著兔子，不解地問：「你……完全有能耐可以從旁邊的岩壁爬上去對吧？」

兔子的眼珠轉了一圈，似乎是想迴避這個問題，但他看到左牧又要生氣的表情後，急忙點頭回答。

左牧頭痛萬分地說：「你先上去找個繩子之類的，把我拉上去不就好了？幹嘛非得和我一起待在這裡。」

兔子支支吾吾地，就算左牧已經說到這個分上，也沒有要離開他身邊的打算，這讓左牧明白了一件事，兔子並不是沒有辦法逃離這個情況，而是因為不想離開他身邊才選擇跟他一起待著不走。

左牧突然覺得自己好像成為兔子的絆腳石，心裡很不是滋味。

「你真的是——」

「呃，你們兩個窩在那裡幹嘛？」

左牧原本還想繼續抱怨，但頭頂上方卻傳來羅本驚訝的聲音。

他抬起頭，看著探出頭來的羅本和黑兔後，只好先把想說的話收回去。

「看也知道是被陷阱搞的吧。」左牧疲倦地說：「把我們拉上去。」

「知道了。」羅本並不知道發生什麼事，但從兔子可憐兮兮的表情來看，絕對是那隻笨兔子又惹左牧不爽。

就在剛回答完沒幾秒，左牧踩著的木製柵欄突然斷裂，身體突然下墜，把左牧嚇得不輕，兔子也瞪大眼眸，單手環住左牧的胸口，穩穩地抱住他。

看著懸空的腳底下，怒濤洶湧的海浪，左牧真的嚇到差點心臟驟停。

羅本也被這情況嚇到，急急忙忙跟黑兔把背包裡的攀岩繩拿出來，扔到左牧跟兔子的身旁。

好不容易終於爬回安全的平地後，左牧癱坐在地上，仰頭喘息，兔子則是慌慌張張地看著他。

不知道是不是因為差點墜海的關係，左牧一點也不想抱怨了。

現在他只想趕快離開這該死又麻煩的島。

就像是讀出左牧的心情，手環再次傳來人工ＡＩ的通知音。

『恭喜您取得島主徽章，請從左側的道路下山。提醒您，十分鐘內將是獎勵玩家的安全時間，您不會遭遇任何攻擊與危險，超過時間後果需自負。』

「哈！十分鐘。」左牧忍不住大笑，咬牙切齒地說：「這些混帳……最好是能夠在這麼短時間內下山離開，還不如不要給這種獎勵。」

不過兔子似乎不那麼想。

他在聽到人工ＡＩ說的話之後，立刻就把左牧從地上橫抱起來，咻的一聲從左側的小徑迅速跑下山，就這樣把黑兔跟羅本扔下不管。

羅本已經習慣了，但黑兔卻憤恨不平地跺腳。

「喂！三十一號，你好意思把我們丟在這裡嗎！給我站住！」

黑兔邊大叫邊追上去，羅本則是重新扛好包包，無奈地跟在這些人身後。雖然這些傢伙還是老樣子讓他覺得煩躁，但至少，他們順利達成了目的。

四人回到港口的時候，已經超過指定的十分鐘時間，不過一路上他們都沒有再遭遇其他危險，也沒有遇到之前那些戴著項圈的敵人。

謝良安遠遠看到他們平安無事，興奮地不停招手，看得出來他很擔心，不過等他們上船後，左牧狼狽不堪的模樣，以及兔子手臂上的擦傷，把他嚇得急忙把船艙的醫藥箱抱出來。

「得、得快點處理傷口！」

兔子單手抓住謝良安的臉，果斷拒絕，接著轉過頭盯著左牧看。

左牧嘆口氣，從謝良安的手裡拿走醫藥箱之後，囑咐道：「我去處理兔子的傷口，你們兩個也去休息吧。謝良安，準備開船走了。」

在左牧的指示下，謝良安乖乖回到駕駛座，而羅本和黑兔則是留在甲板上面。

黑兔見羅本直勾勾盯著停靠在港口的其他船隻，歪頭問：「你可別跟我說你還擔心其他玩家。」

「……倒不是這樣。」

羅本收回視線，伸手搔亂黑兔的頭髮後，進到船艙內。

黑兔很不服氣的鼓著臉頰，「喂！你幹嘛弄亂我的頭髮！」

「吵死了，我很累，別在那大吼大叫的。」

羅本垂下眼眸，嘴裡雖然說不在意，但實際上還是會忍不住留意那些「小事」。

停靠在港口的船隻數量，和他們登島的時候完全一樣，也就是說那群從登山小屋裡逃出來的玩家，最後並沒有回到港口。

「……希望左牧沒有發現。」

他並非是在擔心那群連名字都不知道的陌生人，而是因為他知道，左牧會很在意。那個人雖然嘴巴很毒，但是心腸卻很軟，否則他也不會跟他們這幾個危險人物一起住。

不過，正因為左牧的這種個性，他才會覺得待在他身邊很舒服。

「羅本，我要吃飯。」

黑兔冷冷凝視思考事情的羅本，故意出聲打斷他的思緒。

羅本皮笑肉不笑地轉過頭來對黑兔說：「自己泡泡麵去，臭兔子。」

將身體洗乾淨，換上有淡淡柔軟精香味的衣服後，左牧回到駕駛座和謝良安見面。老實說他現在累到可以直接躺床秒睡，但還有事情沒處理完，他得趁自己還有力氣撐開眼皮的時候盡快結束。

這樣，他才能安心去挑選下一個「目標」。

「兔子拿到了這個。」

他把兔子交給他的徽章，放在操作板上。

謝良安眨眨眼，很訝異地抬起頭問：「這就是島主徽章？」

「看樣子應該是，你收著，畢竟你是我們隊的隊長。」

「放在能夠顧好它的人手裡，會比較安全吧……」

謝良安邊說邊偷看跟在左牧身旁的兔子，兔子明明有和他對上眼，但是卻完全沒有把他放在眼裡，理都不理他。

兔子的冷漠對謝良安來說滿讓人安心的，他並不想和「困獸」的殺手扯上關係，因為他深刻體會過這些人的恐怖，還有對「命令」的執著。

「困獸」中的那群嗜血野獸，既是強大到讓人恐懼的殺手，同時也是相當容易對某些特定事物執著到讓人起雞皮疙瘩的怪人。

他這麼形容還稍微委婉了點，但即便是在心裡，他也不敢對這些人不敬。

「我們幾個還要去攻略其他島上的遊戲，萬一在過程中不小心弄丟就糟糕了，而且我覺得把它留給你是最安全的。」

左牧果斷拒絕謝良安的建議，並說明自己的理由。

謝良安無法找其他藉口拒絕，只好拿起徽章反覆檢視，當他看到徽章後方嵌入晶片的瞬間，肩膀狠狠地抖了一下。

從謝良安的反應，似乎認出這個晶片是什麼東西，於是便稍稍向前傾身。

半乾的短髮還滴著水珠，略溼的眼眸與根根分明的睫毛，如布簾般半掩著注視徽章的瞳孔，這樣做並不是刻意，只不過是因為現在他沒有戴眼鏡，得靠近點才能看得清楚。

然而，他突然縮短距離的行為，還是讓謝良安有些緊張地緊抿雙唇。

「你知道這是什麼？」

「呃，那個晶片上標註的代號有點眼熟……所以我、我在猜想是不是我知道的那個……」

謝良安因為緊張，說話有點不太清楚，甚至差點咬到舌頭。

左牧當然沒有注意到這些瑣碎的小事，反倒歪頭皺緊眉頭，仔細盯著晶片看。

謝良安的視力到底有多好？他根本就看不到什麼代號，而這傢伙隨便一看就看到了？

情。

還在思考這些雞毛蒜皮小事的左牧，完全不知道此刻站在他身後的兔子露出什麼樣的表情。

光是左牧主動靠近其他人這件事，就足夠讓兔子不爽，現在居然還稱讚謝良安？他的這些舉動，讓兔子氣到面目猙獰，猶如討債的惡鬼，扭曲著臉瞪向一無所知的謝良安。

謝良安感覺到背脊一陣冰冷，不由自主地顫抖。當他轉頭發現兔子震怒不已的表情後，嚇到臉色蒼白，張著嘴久久發不出聲音。

直到發現謝良安的表情不對勁，左牧才知道兔子又在隨隨便便威嚇其他人。

他拿起掛在脖子上的毛巾，啪地一聲甩在兔子的臉上。

「別搗亂，我還想早點把晶片的事情處理好，趕緊睡覺去。」

體力跟精神已經到達極限邊緣的左牧，心情也沒好到哪去，下手自然也不輕，但他的攻擊行為對兔子來說根本就不痛不癢。

毛巾從兔子的臉上慢慢滑下來，不偏不倚地掉在他的手中，而剛才還擺出一副要把所有人殺死的態度的兔子，也收起了怒火，不停眨眼。

「左、左牧先生啊啊啊……」

「嘖！你別那麼膽小，沒我的命令他什麼也不會做，頂多就是用眼神威脅人而已，放心吧。」

就算只是單純的示威，但對謝良安這種普通到不行的平民老百姓來說，還是會被嚇到魂飛魄散。

為了減少兔子對自己的敵意，謝良安果斷將徽章收下。

「晶、晶片的事我來處理吧，請左牧先生先去休息，有什麼發現我會再通知你的。」

「……知道了，你看著辦。」左牧看了一眼儀表板上顯示的時間後，說道：「今天就先這樣，照原定計畫，我們先在海中央度過，下個攻略目標的事等我睡醒來再說。」

「好的，需要我幫忙轉告羅本先生他們嗎？」

「哈啊——對，沒錯。麻煩你了。」

左牧甩甩手，打了個超大哈欠後，就扯著兔子的衣服把人帶回二樓船艙的房間裡休息。

謝良安鬆口氣，終於從兔子的威脅視線下逃脫讓他備感輕鬆。

估計這艘船上沒有人膽敢打開那扇門去打擾左牧休息，因為兔子實在可怕到讓人打冷顫。

事實上，謝良安對「困獸」他們的存在並不陌生，組織中幾個猶如非人類般存在的殺手的傳聞，他也是略知一二。

他一直以為自己不會接觸到這些擁有「數字」的殺手，卻事與願違。

「呃……」謝良安枕著下巴，把玩手中的徽章，「好久沒回想起那件事。」

那個「過去」，是他人生中最難以忘懷的回憶，也是他永遠也無法擺脫的恐懼。

但如今去重溫那分過往，也沒有什麼太大的意義。

「搞什麼？兔子跟左牧已經去休息了？」

沉溺在過去記憶中的謝良安，突然聽見身後有人跟他搭話，便轉動椅子面向樓梯口。

羅本端著三明治，裸著上半身走到駕駛座，在沒有看到左牧跟兔子的身影後，很快就確定了這兩人的去處。

謝良安目不轉睛盯著羅本強壯的身材，突然覺得自己的身體瘦弱到不像話，明明羅本跟他身高差不多，卻有著很漂亮的肌肉線條。

「原來你是穿衣服顯瘦的類型？」

「……沒頭沒尾的說什麼呢你。」

不知道謝良安正在私自評論他的身材的羅本，挑起眉毛，一臉困惑地看著他。

謝良安回過神發現自己說錯話，嚇得滿臉通紅，急忙甩手轉移話題。

「呃！沒、沒有！那個……我、我是說左、左牧先生要我轉告你，他先去休息了，然後徽、徽章在我這裡，我會研究一下它……」

羅本把三明治放在謝良安面前後，拿起一塊放入嘴裡。

「左牧的體力還是老樣子，我還以為他會先開個檢討會再休息。」

「檢討會？」謝良安有點擔心地問：「你們在島上發生什麼事了？不是只是去玩遊戲而已嗎？」

「嗯……只能說幸好你沒去，那座島上的遊戲可不是給普通人玩的。」

謝良安連想也不敢想，這讓他更加堅決要待在這艘船上，哪都不去的決定。

至少這艘船很堅固，船上的系統在經過他的修改後，想要躲過主辦單位的眼線並不是很困難，可是，他雖然能夠躲避定位追蹤，主辦單位仍有其他方法可以確定他們的位置。

正因為這些系統跟裝置的基礎設計都是出自他的雙手跟構思，所以他才能掌握得如此準確，對主辦單位來說，這樣的他萬一真的活下來、逃出去的話，對他們來說相當不利。

即便有無數次能夠殺死他的機會，主辦單位卻都沒有下手，原因只有一個。

——「那個人」還不打算殺死他。

就算這樣，他也不打算回去，絕對不會。

「想什麼東西想得出神呢？還不快點吃。」

「啊！抱歉，我、我開動了。」

謝良安大口吃著羅本為他準備的三明治，雖然只是簡單的吐司夾火腿，搭配軟嫩的炒蛋，但是夾層內塗的奶油卻很香，讓人忍不住一口接一口。

他還是第一次吃到這麼簡單又美味的三明治，雙眼閃閃發光，就像是發現新大陸一樣覺得神奇。

「好好吃！」

羅本對他的讚美沒什麼反應，盯著他吃東西的臉問：「留守的時候沒發生什麼事吧？」

「沒有，我一個人都沒見到。」

「……那就好。」

羅本舔著沾到炒蛋的手指，把所有三明治都留給謝良安之後，獨自走下樓梯。

接著不久後，他聽見黑兔大聲抱怨：「你讓我自己泡泡麵來吃，卻做三明治給那傢伙！會不會太過分了！」

聽到黑兔這麼吼著，謝良安差點沒被三明治噎到。

他看著盤子裡的美味三明治，再看看樓梯口，最後決定小口小口慢慢享用。

說也奇怪，原本他還以為自己在這四個人之間有種格格不入的感覺，但現在卻終於有種融入其中的實感。

「總而言之，先來調查這個晶片吧。」

將三明治吞下去之後，謝良安舔著嘴唇，小心翼翼取出徽章內的晶片。

他知道這個遊戲需要蒐集島主徽章後才算過關，然而「島主徽章」是什麼東西，主辦單位卻沒有仔細說明過。

雖然他是設計程式系統以及研發裝置的人員，但對於遊戲內的設計和規定那些並不是很了解，幸好這艘船本來就是主辦單位安排給玩家使用的交通工具，所以船內的系統本來就有附說明文件，於是他就把那些資料全部調出來仔細閱讀。

他已經決定不扯左牧的後腿，所以他必須證明自己是有幫助的。

左牧他們是為了他才來到這個危險的地方，他不能讓這些人因為他的關係而陷入危險，或是被主辦單位刁難。

嗶嗶嗶——

「……嗯？」

看向閃爍的螢幕，上面跳出的系統和程式碼，看在謝良安的眼中十分熟悉。

他不禁冒著冷汗苦笑：「哈、哈哈，還真是我所想的那東西。」

原本還只是半信半疑，直到看到晶片內的程式碼，他才終於能夠確定——這晶片，果然是他開發出來的。

／

按照左牧的意思，謝良安將船設置成自動模式後，就回到甲板下方的房間休息，雖然他是負責開船的，離控制台有點距離，讓人不太放心，但他很信任自己所寫的程式，絕對不會出問題。

這艘快艇雖然看起來有點大又笨重，但船身卻是以軍用等級的材料所建造，就算是面對火箭筒也有一定的阻擋能力。

他沒想到左牧這群人竟然能從主辦單位的手裡拿到它，就算是主辦單位刻意安排在遊戲當中的隱藏版交通工具，想取得肯定不是件容易的事。

有這種程度的防禦能力，搭配上他所寫的程式系統，這艘船會成為比主辦單位之前安排給玩家們的別墅還要安全的地方。

經過這麼長時間，終於能夠安心睡個好覺的謝良安，一臉心滿意足地躺在床上，想到自己身邊有能夠信任的同伴在，嘴角就會不自覺上揚。

然而，剛躺好沒幾分鐘時間，在快要入睡前，放置在床邊桌面的平板突然發出聲響，嚇得他迅速瞪大雙眼，從床上跳起來。

「這、這個聲音……」

謝良安手忙腳亂地拿起平板，仔細搜索船上所有監視器之後，確實看到甲板有幾個晃動的人影。

這些人穿著黑色的緊身衣，戴著外型和蛙鏡類似的NVD夜視鏡，無聲無息地潛入。

謝良安一看到這個畫面，臉色瞬間刷白。

快艇上並沒有防禦系統，也沒有能夠應對敵人的武器，所以相對地他才會將位置完全隱藏起來，照道理來說，主辦單位應該是不可能發現他們的位置才對。

除非——

腦中閃過的某個可能性，讓謝良安膽戰心驚。

他急忙抱著平板衝出房間，想要去找睡在一樓船艙裡的羅本，雖然他不知道自己能不能趕得上，但如果左牧他們被殺死的話，那他也不可能活下來。

就在他咬牙切齒、著急不已地衝上甲板後，和他迎面相遇的，不是他心裡所想到的那幾張臉，而是被夜色覆蓋，完全看不見外貌、令人不舒服到打冷顫的陌生人。

對方一看到他就立刻舉起裝有消音器的手槍，謝良安下意識後退，倒抽口氣。

「嗬……嗬呃……」

他的聲音聽起來就像是喘不過氣來一樣，事實上，他確實產生無法呼吸的錯覺，但很快的，在他面前舉槍的男人就被從右側飛越過來的嬌小身影壓制在地。

咚的一聲巨響，拉回謝良安的注意力。

同時他也親眼看到那有著腥紅色雙眸、在月夜下露出孩子氣笑容的男人，輕而易舉捏碎敵人的腦袋。

鮮血和像是腦漿的液體流出來，直到那隻握住槍托的手失去力氣為止，黑兔才鬆開手腕的力道，慢慢起身。

黑兔轉過頭，將沾滿鮮血的食指貼在嘴唇上面，示意謝良安別出聲。

謝良安顫抖著緊抱住懷中的平板，點點頭之後，慢慢退回到船底的樓梯。

一名不速之客的死亡，很快就把他的那些同伴全部引過來，這群人裝扮、持有的武器全都一樣，簡直就像是複製體，讓黑兔看得很不爽。

他抬起視線往二樓方向看了一眼，輕聲笑道：「……哈，膽敢偷襲有兩隻『困獸』在的地方，還真不要命。」

黑兔往前跨出一步，邊說話邊大刺刺地接近這群人。

他不在乎那些對準他的槍口，也不在乎已經爬上二樓的那些自討苦吃的笨蛋，對他來說，眼前可以進行的「殺戮」行為，才是最讓他感興趣的事。

更重要的是，他知道這些不速之客是「困獸」派來的。

能夠如此無聲無息地接近，並溜上船，直到靠近船艙才讓他發現動靜，就只有「困獸」訓練出來的殺手才有這種程度的暗殺實力。

就在他向上攤開掌心，稍稍壓低身體，打算大幹一場的時候，突然有個人從二樓飛下來，直接墜入海中，消失不見。

黑兔勾起嘴角，忍不住笑出聲。

「三十一號那傢伙已經開打了呀，那我也不能太悠閒。」

他冷冷掃視這群黑衣人，用力往前蹬步，以極快的速度消失在他們的視線範圍內。所有人都因為黑兔的突然消失而陷入驚訝，但還來不及鎖定他的位置，其中一名黑衣男的脖子就被人從身後折斷，呈現九十度角的驚悚模樣。

黑兔踩在這個人的肩膀上，在他倒地前迅速轉移至下個目標。

這些人彷彿意識到雙方的實力差距，也不管是不是會誤傷同伴，直接開槍射擊。但，不管他們開了多少槍，卻沒有一顆子彈能夠碰到黑兔。

「呃！怪、怪物……」

「不、不要！呃啊啊啊！」

很快地，甲板成為這些人的煉獄。

明明是偷襲的那一方，如今卻像是被猛獸追殺的受害者，倉皇不安地求饒。

即使如此，他們卻沒有逃走，因為這些殺手心裡十分清楚，任務失敗的他們面對的會是什麼樣的命運，反正橫豎都是死，就算知道打不贏也得放手一搏。

硬著頭皮往前衝的結果，就是讓甲板沾上更多的鮮血。

直到聲音停歇，才恢復真正的寧靜。

黑兔哼著歌坐在船頭，欣賞著那些被自己徒手捏爛的屍體，心情很好。

兔子扯著被揍到臉部骨折的暗殺者來到甲板，將手裡的人用力往前摔，皺著眉頭瞪向身上滿是血腥味的黑兔。

「幹嘛瞪人？」

兔子沒有開口，眼神卻充滿指責。

黑兔聳肩道：「好啦好啦！我知道左牧先生不允許我們隨便殺人，所以你才把闖進二樓的那些傢伙全部打個半死後，扔到海裡不是嗎？但老實說，就算你沒直接殺死他們，他們也活不下來。」

兔子拿出手機打字，沒過多久黑兔就聽見系統說話的聲音。

『**清理乾淨。**』

「什、什麼？」

『不許讓左牧先生知道這件事。』

「該死的……你這傢伙，我只管殺人，不負責事後清掃的啊？」

黑兔忍不住扶額抱怨，但他卻只換來兔子更加不滿的怒視，最後他也只能舉手表示投降，畢竟惹兔子生氣，對他沒有好處。

「嘖，真是有夠麻煩……」

兔子往樓梯位置看一眼，注意到他的視線後，黑兔這才慢半拍想起謝良安的存在，便開口喊他出來。

「你可以出來了。」

聽見黑兔的聲音，謝良安這才膽怯地探出頭來。

當他看見甲板上滿滿的屍體，和倒在地上痛苦蠕動的男人後，臉色蒼白。

「普通人真的有夠麻煩。」

黑兔不悅咂嘴，小跑步的走到樓梯邊，探頭看著謝良安。

「喂，你不是說你能夠隱藏這艘船的位置，不讓人鎖定嗎？這到底是怎麼回事？」

「血……有血……」

「啊啊？那不是我的血啦。」

黑兔一臉厭煩地回答，原本還想繼續問下去，但他的衣領卻突然被人從後面用力扯過去，差點沒害他窒息。

「呃！咳咳咳！」

兔子面無表情地拉開黑兔後，和謝良安四目相交。

謝良安還以為兔子是顧慮他才出手幫忙，沒想到他卻瞬間用猙獰的表情，像是要把他的喉嚨割破一樣，嚇得他張著嘴巴不斷顫抖。

這是生氣了，這百分之百是對他不爽啊！

就在謝良安以為自己真要被兔子殺死的時候，令他安心的臉從旁邊湊過來，並在看到他蒼白的臉色後，嘆了一口氣。

「你們這兩隻蠢兔子，又在幹嘛？」

羅本只是單純因為沒聽見敵人的聲音後，才出來看看，沒想到就發現這兩隻兔子把他們弱小到彷彿摔個跤都會掛掉的隊長嚇個半死。

這人要是死了會很麻煩，所以羅本不可能放任不管。

兔子冷冷看了羅本一眼，然後指著倒在甲板的男人。

「……你還留活口？」

兔子點點頭。

「用不著，把他扔到海裡去吧。反正不用猜想也能知道這些傢伙是誰派來的，就算想問點什麼，人都被你揍成那樣，最好是還能挖出情報。」

羅本說得很有道理，所以兔子乖乖去把人扔進大海了。

隨後他頭也不回地往二樓走去，完全把這件事留給黑兔和羅本收尾，繼續去享受獨占左牧的滋味。

羅本不打算管他，但他是得處理一下抖到像是遇到七級地震的謝良安。

「你知道這是怎麼回事嗎？」羅本歪頭問。

雖然提問的方式不同，但想要知道的答案卻是一樣的。

當黑兔問的時候，謝良安只覺得自己被威脅，可是換成羅本就不知道為什麼讓人有種安心感，好像不管什麼事他都能好好回答。

謝良安嚥下口水，微微顫抖著說：「大、大概是因為抓不到我們的位置，所以主辦單位用、用了其他方法找我們。」

「其他方式？」黑兔越聽越不爽，「哈！這種事你之前怎麼沒告訴我們？」

「我也是剛剛才想到的……」

「不是刻意隱瞞的吧？」

「才不、不是！」謝良安委屈的說：「不是說了會相信我嗎！」

「黑兔，給我閉嘴。」羅本很不爽地掐住黑兔的臉頰，「你給我去把身體弄乾淨再過來，現在你渾身臭到不行。」

「你居然嫌我臭！」

「滿手腦漿跟人體組織的臭小鬼在說什麼呢，這樣還叫不臭，你當我嗅覺失靈？」

「唔呃……」

「再吵就去清理甲板。」

「我才不要做那種麻煩事。」

黑兔嘟起嘴，心不甘情不願地小聲碎念後，回到船艙。

直到和羅本獨處，謝良安才終於不再害怕的顫抖。

「謝、謝謝。」

「與其道謝，不如先回答我剛才的問題。」

謝良安點點頭，小聲道：「我會解釋清楚的，但是，要請你先跟我過來一趟。」

羅本雙手環胸，盯著連站都快站不穩的謝良安，大口嘆氣，將手伸向他，一把抓起他的胳膊。

謝良安嚇一大跳，羅本的力氣比他想得還要大很多，不愧是扛著狙擊槍和一大堆裝備還能到處亂跑的男人。

「要去哪？」

「駕、駕駛座。」

「知道了。」

他還以為羅本會用很粗魯的動作把他拽過去二樓，沒想到羅本卻反過來配合著他的步伐，很有耐心地陪著他來到駕駛座。

謝良安滿臉問號地坐在椅子上，直到羅本開口才回過神。

「還在發什麼呆？」

「呃！沒、沒有。謝謝你。」

謝良安急忙道謝，手忙腳亂地把平板放在控制台旁邊後，開始操作面板。

他調出船周圍的雷達給羅本看，但是沒有任何信號反應。

羅本皺眉問：「這是怎麼回事？」

「夜襲我們的敵人是用橡皮艇靠過來的，因為是從雷達掃描不到的海域接近，所以系統沒有立刻發出警報，而是在他們觸碰到船身後才有反應。」

「你是聽到警報才醒來的？」

「嗯，這個平板的系統是跟船上的主系統連結的，所以除駕船之外的功能都可以直接透過平板操控。」

「那麼，這跟我剛才問你問題有什麼關聯性？」

「……我先把船調成手動操作模式，開到其他海域，然後慢慢跟你說，主辦單位是用什麼手法確定我們的位置的。」

謝良安一邊操控系統與方向盤，一邊解釋給羅本聽。

「絕望樂園有個特殊的監控系統，他們就是透過那個系統找到我們的。」

「監控系統？」羅本摸著下巴思考後，似乎意識到謝良安指的是什麼，脫口而出：「難道是指那個會說話的小鳥？」

「Xenobots。」謝良安十分緊張的說出這個陌生的單字，「雖然是三年前左右才公諸於世的研究項目，不過早就已經有很多公司開始私下進行研究。」

「那是什麼東西？」

「簡單來說就是擁有活體細胞的機器人，雖然學界認為是新的物種……但我更覺得那是不該被創造出來的東西。」

謝良安顫抖著眼眸，接著指向雷達顯示出來的畫面。

「這艘船的雷達能夠清楚分辨靠近船隻的是生物還是金屬，平常在航行的時候，它並不會隨便對海洋生物發出警告，那些傢伙就是看上這點，才會派那種怪物過來搜查海域，找出我們的位置。」

羅本看著雷達畫面顯示出幾個白色光點，它們移動的方式確實很像是海洋生物，再加上謝良安剛才提到的那個「研究項目」後，他終於明白謝良安想說什麼。

「你的意思是，這片海域……不，整個群島附近都有那種叫X什麼的東西？」

謝良安點點頭，「數量不多，但確實有。而且主辦單位為了隱藏它們的存在，製作不少生物外型的機器人當成煙霧彈。」

「就像我們在島上遇到的那隻小鳥？」

「對，雖然 Xenobots 不是很好區分，但我可以看得出差異。」

「聽上去就像你有參與研究一樣。」

謝良安低著頭，冷汗直冒。

「……我確實有。」

羅本張著嘴，一時半刻說不出話來。

這個被他們當成拖油瓶、除了躲起來跟逃跑以外沒有任何幫助的謝良安，也未免太聰明了吧！竟然能協助研發那種奇怪的東西？

就在得知這個衝擊事實的同時，羅本也注意到謝良安像是在害怕什麼般，不斷顫抖，看起來很不舒服的樣子。

他將眼皮半垂，掩蓋住眼中的思緒，輕輕用食指敲打旁邊的儀表板。

現在他可以理解為什麼主辦單位捨不得殺掉他了，還有為什麼陳熙全會不惜動用左牧和兩隻困獸來找回這個男人。

確實，這次的目標遠比之前他讓左牧帶回來的傢伙還要珍貴，而這也讓他更加肯定了一件事。

謝良安的死，無論是對陳熙權還是主辦單位來說，都是重大的損失。

比起殺他，主辦單位更像是想要透過威脅和勸誘的方式來留住謝良安，傷害卻不虐待，反過來透過精神上的施壓來給予對方壓迫與恐懼——這是想要操控某個人的時候，最常使用的手段。

「所以你說，海裡有那個X什麼的東西在追蹤我們，但是雷達無法分辨出來？」

「嗯，就是這樣。」謝良安點點頭，鬆了口氣。

他很慶幸羅本能夠聽懂他的意思，畢竟一般情況下來說，肯定會把說出這種話的他當成瘋子看待。

即使他說的都是實話。

「抱、抱歉，我原本以為能夠好好把我們隱藏起來的，但我沒想到他們有投入那些東西。」

畢竟那是尚未公諸於世、而且還在研發中的祕密資源，所以謝良安原本以為主辦單位不會動用那些生物。在看到小鳥型機器人的時候沒有聯想到這件事，除了是因為過度害怕跟混亂之外，還有就是下意識認為它們不可能出現，才沒有立即反應過來。

如果他有先一步想到這個可能性的話，或許它們今夜就不會被「困獸」偷襲。

「你用不著道歉，這不是你的錯。」羅本雙手環胸，盯著左牧睡覺的船艙說道：「等左牧醒來，我會跟他說明清楚，現在的話就先擱著不管。反正就算被主辦單位跟蹤也無所謂，不管他們派多少人來，都不會是那兩隻兔子的對手。」

雖然羅本也有想到對方可能會使用遠程武器攻擊船體之類的，但這並不是主辦單位的行事風格，再說，如果他們想要用這種方式殺掉他們，就不會選擇派人偷襲。

按照他們派來的那些敵人程度，估計也只是想搗亂，並不指望那些人能夠殺掉他們，這就是為什麼他們明明手裡有不少能用的棋子，也有可以和兩隻兔子打平的傢伙在，但是卻沒把他們派過來的原因。

「那些傢伙的作風還是老樣子讓人反感。」

「呃……那、那我們現在要怎麼辦？」

雖然謝良安已經把船移動到其他海域，但這麼做並不能改變什麼。

羅本輕拍謝良安的腦袋瓜說道：「你只要確保船上系統不會被人駭入就好，其他事情就交給我們煩惱。」

「只要這樣做就好了嗎？」謝良安有點不好意思，因為羅本摸他的手，溫暖到讓他忍不住想要去依靠對方，「請、請放心。我有百分之兩百的把握，沒有人能夠破得了我寫的防火牆程式。」

羅本勾起嘴角，「好，現在去休息吧。要是你還會怕的話，我也會去船底的艙房睡覺。」

「可、可以嗎？」

謝良安激動得張大眼睛，看到他這麼急切地想要確認，羅本不由得為自己剛才說的話感到後悔。但，他剛才說的那句話並不只是敷衍地想要安慰對方而已，有幾分是真心的。

最重要的謝良安要是出了什麼事，左牧不打死他才怪。

他得在事情變得更加麻煩之前出手，光是想到之後有個萬一，他還得去收拾殘局什麼的，就讓人頭疼不已。

「好了，我們回艙房去睡……」

「嗯？奇怪。」

羅本正打算把人哄回去睡覺，因為他也已經睏到不行，可是盯著螢幕看的謝良安卻突然喊了一聲，害他忍不住咂嘴。

「嘖！又怎麼了？」

「……那個，有其他人想要和我們連絡。」

「誰要跟我們連絡？我們又沒有認識的……」羅本連聲抱怨，但他越說越覺得不對勁，腦海閃過幾張臉之後，妥協道：「唉……真不知道要搞到幾點，我想睡覺啊……總之先讓對方報上名字來。」

「對方只發『小牧』兩個字，後面還打了一堆驚嘆號。」

「……那個白痴。」

羅本頭痛萬分地嘆口氣，同意對方提出的通訊要求。

一想到他在處理這些跟他無關的問題時，左牧還舒服地躺在床上睡覺，心情就不爽到了極點，但他也只能無可奈何地接下這些爛攤子。

誰叫他運氣不好，偏偏跟這些麻煩的傢伙扯上關係。

「把通訊打開，正好我也有事情想要跟他確認。」

謝良安半信半疑地盯著羅本，光靠這點資訊，羅本馬上就認出對方身分，看來應該是熟人，但同時他也產生困惑。

「你認識他？」

「正確來說是左牧認識，不是我。」

「那……是安全的嗎？」

「不用擔心，是同伴。是說通訊不會被攔截吧？」

謝良安搖搖頭，「我寫的防火牆程式沒那麼容易破解，而且有人想動的話，我也會第一時間知道。」

羅本摸著下巴，面無表情地說：「很好。」

雖然羅本的態度雖然不像是真的在稱讚自己，但是並不反感，倒不如說他還有點喜歡羅本的這種個性，給人一種安心感。

他接受對方的通訊要求，下一秒就聽見對方擔憂的大吼聲：『小牧！小牧你沒事吧？你沒——呃！好痛！』

『閉嘴吧你，別逼我給你注射肌肉鬆弛劑，讓你像軟體動物一樣在地上爬。』

『邱珩少你這沒良心的……唔！』

雖然只能聽見聲音，看不到對面的情況，但光透過兩人的對話也能夠聽出他們在做什麼。

羅本頭痛萬分地扶額，「我知道你們是來確認左牧的安全，可是在這之前，先告訴我你們怎麼跟這艘船聯繫上的？」

『因為無線電還開著啊，就算你們切斷系統的連結，不透過主辦單位的伺服器，但是只要還有開啟無線電就能找到你們。』

黃耀雪的口氣聽起來就像是在說沒什麼大不了的事，語氣帶著戲謔的態度，讓羅本很不爽。雖然他跟黃耀雪根本沒說過幾次話，但他那種目中無人的態度還是讓人火大，跟兔子一樣眼裡只有左牧的態度，更讓他覺得麻煩到極點。

這樣一想，老被這些執著狂纏上的左牧，確實有些可憐。

「要使用無線電通訊的前提，是距離不能太遠。」羅本壓低雙眸，望向被黑夜壟罩的海平面，「也就是說你們的船在附近。」

『……是又怎樣？』

「我們這邊剛剛才被『困獸』的殺手偷襲，而你們的船又正好出現在這附近，難道我不該為了安全起見而將你們視為敵人？」

『哈啊……真是麻煩。』黃耀雪的聲音聽起來很不耐煩，但他並沒有否定或是指責羅本，因為他很清楚羅本說的話是正確的。

於是他開口解釋：『別誤會，我們是因為主辦單位那邊突然連絡所有ＶＩＰ玩家，把你們的位置通報給我們，所以才擔心地找上門。要不然我們也不會這麼明顯地跟你們連絡。』

「說的也是，畢竟你們一開始就是想要不被主辦單位發現，才會偷偷在絕望樂園協助左牧。」羅本皺緊眉頭，因為他聽見讓他更頭疼的關鍵情報。

主辦單位將他們的所在位置洩漏給其他VIP玩家，卻又在這之前派出「困獸」的殺手來偷襲，這分明是想置他們於死地。

——不，還有另外一種可能性。

主辦單位打算藉由夜襲計畫，在VIP玩家們過來之前將他們全部殺掉，藉此來重新宣揚主辦單位的處理事情能力，以及讓那些VIP們親自確定左牧死亡的消息。

比起事後告知，親眼看到屍體更能夠重新提高他們在這些交易對象心目中的形象，這對主辦單位來說是相當有利的宣傳機會。

但，如果是這樣的話，他們大可派有「號碼」的殺手來，而不是這些砲灰。

在知道船上有兩隻兔子的前提下，主辦單位不可能傻到不能理解這麼簡單的問題，然而他們沒有這麼做的原因，有兩種可能。

一是想要消耗他們的精神與體力，二是他們不能讓其他人發現自己跟「困獸」這個殺手組織私下有合作關係。

仔細回想，這並非不可能。

早在主辦單位故意在絕望樂園隔出一塊區域，塞滿「困獸」的殺手時，他就覺得有點不太對勁了，當然，左牧也有察覺到這點，所以他們兩個人私下有談過這個可能性。

如今，他們更能確定主辦單位不打算曝露「困獸」這個殺手組織隱藏在暗處，將他們視為獵物，暗中覬覦的事實。

雖然他並不清楚主辦單位為什麼要這麼做，就算他們刻意隱瞞，但是像程睿翰那種掌控情報的VIP玩家們，應該早就已經知道了才對。

「我永遠搞不懂那些有錢人心裡在想什麼東西。」

這是羅本針對現況所做的結論。

他看了一眼控制台上的喇叭，低聲道：「黃耀雪，你們主動連絡就表示不打算再繼續暗中輔助左牧了吧？」

黃耀雪停頓半秒後回答：『對，這也是陳熙全的指示。』

「陳熙全……那個臭大叔已經預料到事情會變成這樣？」

『只是保險起見，他說過如果「困獸」介入的話，就要直接協助你們拿完島主徽章。』

「哈，怪不得陳熙全會找上你。居然要我們在這種情況下繼續進行遊戲……他瘋了吧？」

『這次左牧得按照規定好好通關，不能再像上次那樣毀掉遊戲。』

「……左牧知道的話肯定會不高興。」

『所以我們原本並沒有打算要直接跟他接觸的，實在是因為沒辦法。你應該也很清楚那個組織……有多危險。』

「知道了，那你們就繼續跟著我們。等左牧睡醒後我再跟他說明清楚。」

黃耀雪鬆口氣，因為他只要確認左牧沒事就好。

結束通訊後，謝良安抬頭看向羅本煩躁的表情，擔憂地問：「沒、沒事吧？」

「暫時。」羅本嘆口氣，不斷用手指掐著眉心，輕輕搓揉，「總而言之先照那傢伙說的，拿完徽章，其他事就先別管了。」

謝良安雖然有許多問題想問清楚，但看到羅本頭痛不已的模樣後，還是決定什麼都不說。

他點點頭，「那，我現在該做什麼才好？」

「什麼都別做，乖乖躲著就好。因為再來肯定有很多『客人』找上門。」

羅本並不擔心船被偷襲，只不過這樣一來他就肯定很難好好休息，這才是最讓他感到煩躁的問題。

他看了一眼還有些微微顫抖的謝良安之後，說道：「我陪你回房間休息。」

「麻、麻煩了。」

被看出自己還有些害怕，讓謝良安有點不好意思，但他絕對沒有笨到會在這種時候拒絕羅本的好意。

只是，看著羅本緊皺的眉頭，他很希望自己能做些什麼，替他分擔這分壓力。

得好好思考，現在的他，究竟能夠做些什麼。

指南五：非正規方式登島

左牧覺得頭很痛。

一覺醒來，他好像錯過電影最精彩的環節般，有種跟現況銜接不起來的感覺，尤其是看到甲板上還有些沒有被擦乾淨的血跡，就可以大概明白在他睡著的時候，究竟發生過什麼事。

「為什麼我什麼都沒聽到啊！」

「因為你戴了耳塞。」

面對左牧的抱怨，羅本冷靜地回答。

當然，左牧根本沒有戴耳塞睡覺的習慣，也不記得自己昨天晚上有戴這東西睡覺，可以確定的是，絕對是兔子趁他睡著後把耳塞塞進去的。

「那隻臭兔子真是……會被他氣死。」

「你就算醒著也幫不上什麼忙，還不如多睡點。」

「但這樣很讓人不爽啊。」

「不爽的應該是睡眠不足的我吧。」

左牧和羅本對望，最終兩人相視嘆氣。

果斷放棄抱怨的左牧，安靜地從羅本口中聽完昨天晚上發生的事，還有黃耀雪主動聯繫他們，並通知他們必須拿完島主徽章的指示。

雖然左牧本來就打算照遊戲規矩過關，但一想到黃耀雪轉述陳熙全的命令後，心裡就很不是滋味。

陳熙全那個有錢的混帳，是覺得他只會毀掉遊戲，而不打算好好照規矩玩嗎？他左牧可不是那種沒良心的笨蛋，再說，要是能那麼輕易毀掉，那他也不用浪費時間蒐集通行證，自討苦吃。

「你打算怎麼做？」

面對羅本的提問，左牧只是抬頭看了他一眼，然後用力推開抱住他不放的兔子，起身道：「就照黃耀雪說的，先蒐集徽章，反正就算再發生夜襲什麼的，有兩隻兔子在，我並不怎麼擔心。」

「我只擔心次數太多會害我睡眠不足。」

「你要不要也戴耳塞？」

羅本敬謝不敏，但他沒有這樣說。

左牧能夠安心戴耳塞睡覺是因為他很清楚，兔子絕對不會讓任何人傷害他，可是他的情況和左牧不同，得靠自己保命，所以這項提議並不在他的選擇範圍之中。

他懶得說明，將左牧吃完的餐盤收好，走向流理檯。

「再來要挑哪座島挑戰？」

「嘖，別催。我的大腦還在消化你剛才跟我講的那些東西。」左牧不悅咂嘴，「坦白講，我覺得不管挑哪個都沒差，既然主辦單位會介入，那問題就不在於我們選擇攻略的島。」

「的確是。」

「所以我決定把地圖釘在牆上，用蒙眼射飛鏢的方式來選。」

「……我知道你懶得選，但也太過隨便。」

羅本也知道，以他們目前的狀況來說，確實認真挑選攻略的群島，並沒有多大的意義，可是左牧過於懶散的態度卻讓他有點擔心。

這種放棄掙扎的感覺，很不符合左牧的性格。

「要不然飛鏢讓你來射？」

「我就算蒙著眼，只要看過一次地圖的樣貌，還是可以準確射到我想射的位置。」羅本臉不紅氣不喘，認真說出正常人無法做到的事，彷彿對他來說這根本不算什麼。

換作其他人，肯定會讓人覺得這傢伙很自大狂妄，但是從羅本的口中說出來，就像是理所當然的事情，所以左牧很快就放棄把決定權交給他來處理的想法。

「啊——不然讓謝良安來？看著他蒙眼亂射，感覺會很有趣。」

羅本的嘴角往下垮，因為他開始懷疑左牧只是嫌麻煩才這麼做。

結果最後，左牧還真的把謝良安拉過來，讓他射飛鏢決定下個攻略目標。

在黑兔很開心地鬧著被蒙上眼的謝良安，故意讓他自轉好幾圈後射飛鏢的時候，左牧一直在盯著地圖看。

說要隨便亂選當然是開玩笑的，他怎麼可能用那種愚蠢的方式來決定自己的命運？

群島上所屬的遊戲，基本和之前參與的無人島上的「關卡」差不多，並不需要花費太多時間攻略，只要達成指定目標後就能順利結束。

就這點來說，確實比之前無人島上設計的「關卡」簡單許多，可能是符合這個遊樂場的背景設定的關係，群島的遊戲比較有種「玩」的感覺，只不過是拿命來玩的那種。

他上島時所繳交的四十幾張通行證，算是群島所需的通行證數量的中間值，但遊戲的內容卻和通行證需要花費的數量不太「符合」，這讓他起了疑心。

「正常」情況下，他們攻略成功的那座島上所安排的遊戲內容，困難度算高，光是要在那種機關屋裡待上十分鐘都有問題，更不用說到山頂後還得在極限情況下取得徽章。

另外還有個讓他覺得奇怪的問題點，那就是當時二號點時所安排的那些殺手。這個很顯然並非「原本」的遊戲任務安排，而是針對他們四個人的「特別任務」。

就像在絕望樂園時，主辦單位為他們安排的「零號區域」。

其他群島恐怕也有同樣被主辦單位改造過的遊戲內容，尤其是在對方都已經派出「困獸」來夜襲，甚至把他們的位置曝露給其他ＶＩＰ玩家知道的前提下，拿到徽章的難度只會越來越高。

雖然左牧十分有自信，但阻礙太多還是會讓他覺得有點麻煩。

重新掃視過地圖上的群島後，左牧的視線停在一個面積比較大的群島上面。那是雙子島，兩座島嶼離得很近，還建有互通的軌道，它們一座地勢較低，一座則是只有高山，景色完全不同。

外型趨近於圓餅狀的島嶼，反而最容易讓人迷路，尤其是這些群島都沒有被人仔細整理過，幾乎都被植物淹沒，一旦失去方向感，就很難走回海岸邊。

這座群島所需要花費的通行證數量只比之前那個多一些，所以對左牧來說是很吸引人的選擇，也是他原本就在猶豫要不要去挑戰的群島之一。

「果然不知道遊戲類型還有相關情報的話，多少還是有點難判斷。」

左牧雙手環胸，有些無奈。不過他還是決定相信直覺。

就在他選擇這座雙子島作為下個攻略目標的同時，謝良安蒙著眼射出的飛鏢，不偏不倚地插在那座雙子島上面。

「射、射中了嗎？」

謝良安緊張地拉下眼睛上的布，黑兔則是開心地捧腹大笑。

「沒想到你還挺準的嘛！我還以為你會射歪。」他蹦跳著來到左牧身邊，跟他確認，「那就決定去這裡？」

見到這麼充滿巧合的情況，左牧忍不住笑出來。

「對，沒錯。」

「沒想到你還真的這樣做決定。」羅本冷汗直冒，一臉不敢置信地看著左牧。

左牧聳肩道：「我沒那麼蠢，只是剛好我想要攻略的目標被謝良安射中而已。」

「……你覺得這樣說我會信？」

「信不信隨你，反正我沒說謊。」左牧不想繼續討論這個問題，於是便迅速向其他人下命令：「謝良安，把船開到那座島附近，然後跟黃耀雪他們連絡，說我晚點有話要說。剩下的人跟我到船艙，在攻略那座島之前，我有『行前注意事項』要跟你們說。」

在知道主辦單位不會輕易放過他們的前提下，左牧便不打算跟他們客氣，無論是「困獸」還是那些ＶＩＰ玩家，誰都不准擋他的路。

既然陳熙全那麼希望他用通關的方式來逃出這個鬼地方，他就做給他看！

／

深夜，謝良安將船停靠在雙子島附近的海域。

他特意停留在深度較淺的海灣，並沒有停靠在島上的港口，雖然距離港口的安全區沒有很遠，但左牧並沒有要靠近那裡的意思。

船的位置距離島嶼只有幾百公尺距離，夜晚的沙灘雖然很美，但海浪卻特別凶猛，而就在不斷被海浪拍打的沙灘，出現三個人影。

「哈啊，真要命。我還是第一次在這種時間點偷渡上島。」

脫下潛水裝的左牧，一臉疲憊地抱怨。

雖然他確實是因為打算探路，才特意挑選周圍海域比較方便潛入的島嶼，但夜晚的大海海流比他想得還要難搞，如果不是兔子跟羅本幫忙，他恐怕得花更多力氣才能爬上岸。

羅本熟練地替他們收拾潛水裝，藏匿在安全位置後，朝冷到發抖的左牧扔了個暖暖包，但接住它的不是左牧，而是臉色非常難看的兔子。

兔子的行為只是單純的反射動作，所以他在確認手中的東西之後，便將暖暖包塞進左牧的手裡。

左牧仍冷得瑟瑟發抖，這不是光靠一兩個暖暖包能驅走的寒氣。

要不是因為得利用潛水裝登島，他才不會穿得這麼薄。

兔子看見左牧縮起身體顫抖的模樣，便走過去貼在他的背後，用力環抱住他的身體，似乎是因為看他冷所以想用自己的身體來溫暖他。

即便兔子是出自於善意才這麼做，但左牧還是覺得他很礙事。至於跟著他們兩個人上島的羅本，則是完全無視兩人摟摟抱抱的畫面，打開手電筒巡視周圍的狀況。

「港口的位置在這，走吧。」

左牧吸吸鼻子，艱難地和兔子貼在一起走。

他們計畫明天登島拿徽章，但手邊的情報實在太少，所以左牧才想到可以先溜上島看看情況，再來擬訂策略。

按照遊戲的規則，玩家必須從港口登陸才能算是正式參與，所以以其他方式登島的都不會被列入計算，即便繳交足夠的通行證，系統也不會接受。

這就是為什麼他們的快艇會被炸掉的原因，因為缺少交通工具，就等於是失去蒐集徽章的資格，所以他們必須保護好自己的船。

左牧重新檢視遊戲規則的時候，發現主辦單位對於群島的登陸方式就只有簡短的介紹，也沒有提及如果用其他方式登陸會有什麼後果，估計是認為沒有玩家愚蠢到會無視規定，畢竟所有人的目標都是蒐集徽章，若是好不容易登島，卻沒有取得徽章的資格，那麼所有的辛苦都是白費。

按照「正常」邏輯來思考，確實不會有玩家這麼做，只可惜他並不打算照正規套路來玩遊戲。

坦白講，他把黑兔跟謝良安留在船上，帶著羅本和兔子來到雙子島，確實有一定的風險存在，但他不認為自己身邊的這兩個男人會連這點風險都解決不了。

「是那棟房子吧？」

羅本拿手電筒照著不遠處的鐵皮屋，而旁邊就是能讓船隻停靠的港口，看來這裡就是他們要找的地方沒錯。

每座島都有類似於準備室的屋子，就像前座群島、裝滿武器的屋子一樣，如果說他們想要找這座島的遊戲類型獲得情報的話，從這裡著手是最快的。

左牧在來到門口時，注意到旁邊有監視器，但對左牧來說，就算被主辦單位看到也無所謂，反正他本來就沒打算偷偷來。

門被電子鎖鎖上，所以他們只好破壞窗戶進入屋內。

「有點暗，小心腳下。」

率先進去裡面的羅本，把手電筒交給左牧。

左牧眨眨眼，盯著手電筒，然後再看這兩個人完全不受阻，自由自在地在黑漆漆的空間裡移動後，再次體會到自己有多弱。

「該死，果然跟這些瘋子待在一起，會懷疑自己是不是個累贅。」

屋子裡比較溫暖，所以兔子就不再貼著左牧，跟著羅本搜索屋內，看看能不能拿到什麼情報。

果然，並不是徒勞無功。

其實屋子裡不單單只有武器等裝備，還有電腦設備，雖然無法連上網路，但裡面存有關於這座島的遊戲情報，甚至還有詳細規則，比之前透過手環指引玩家的ＡＩ要來得可信任。

左牧飛快地翻閱電腦內的資料後，揚起嘴角。

「雖然這些資料作為提供給玩家的情報，就這樣毫無防備地存放在電腦裡面，但可想而知，在面對這種未知、充滿危險的遊戲，還有著隨時可能會被殺死的壓迫感之下，根本就不會有人浪費時間去看。」

主辦單位很清楚不會有玩家看，所以才會像是嘲笑那些人的愚蠢般，將遊戲的規則和資料丟在這裡不管。

玩家們回過頭來發現自己辛苦破關，或是在毫不知情的前提下好不容易取得徽章，又或者因為無法通過遊戲而感到苦惱之後，發現到原來自己苦苦找尋的情報就在起點的話，肯定會氣到抓狂。

左牧哼著歌，輕鬆地將所有文件內容保留在腦海中。

這台電腦的插孔都被堵死，也無法使用無線連接的方式取得原檔，所以就只能依靠人的記憶力來保存內容。

正巧，這是他所擅長的。

正當左牧認真盯著電腦看的時候，兔子突然察覺到外面有動靜，轉頭看向窗外。原本在欣賞架上槍枝的羅本注意到兔子的表情不太對勁後，便走到左牧身邊，關掉手電筒，隨手撿塊布蓋住電腦螢幕的光。

「你幹嘛？」

「外面有動靜。」

羅本盯著窗外，確實發現樹林有影子在移動。

左牧見羅本和兔子默不作聲，表情嚴肅的模樣後，就知道不能再繼續追問下去，雖然他沒有把文件內容全部都記下來，但取得的情報也已經足夠他使用。

「……回船上。」

左牧做出決定後，羅本和兔子立刻就帶著他爬出窗外，離開前羅本隨手拿起一把槍放在身邊，以防萬一。

他沒有再發現異狀，但島上的氣氛很明顯和之前有所不同，與其說變得詭異，倒不如說有種被人暗中監視的感覺。

隱藏在黑暗中的視線，令人不快。

不僅僅只是他，兔子肯定也有發現，否則臉色不會那麼難看。

左牧對於身旁危險的感知能力並不遲鈍，但跟這兩個「專家」相比，確實派不上什麼用場，所以他只能乖乖地夾在兩人中間，往他們登陸的沙灘移動。

穿過樹叢，往沙灘前進的路上比預期中還要安靜，什麼事都沒發生，但就在他剛看到沙灘的下一秒，走在前面的兔子突然停下腳步，迅速往他的方向撲過來。

左牧還沒搞懂發生什麼事，就被兔子塞進懷裡，牢牢護住。

接著，耳邊傳來呼嘯聲，像是有東西以超快速度從他耳邊飛過去一樣。

他頓了幾秒鐘，轉過頭，赫然發現有把箭狠狠地插進後面的樹幹。

左牧瞪大眼，差點因為錯愕而發出聲音，他只花短短三秒就理解眼前的情況，並跟著抓住他的兔子一起躲到岩石後面躲藏。

兔子似乎知道箭是從哪射過來的，一直盯著看。

左牧原本想和羅本搭話，卻慢半拍發現他不知道跑哪去，不見蹤影。

「羅本？嘖，那傢伙又……」

早就知道羅本習慣獨來獨往，但他這樣不吭聲就消失的行為，還是會讓人不爽，尤其是在這種情況下。

兔子輕拍左牧的肩膀，指向沙灘的方向，看起來是打算硬著頭皮跑過去。

確實，現在只能先想辦法回到船上，可是風險實在太高，而且沙灘完全就是開放空間，更容易被瞄準。

左牧抬起頭和兔子四目相交，與他擔憂的不同，兔子似乎很有自信的樣子，這讓左牧覺得自己的擔心是多餘的。

「哈，看你的樣子，應該不會有危險？」

兔子點點頭，朝左牧張開雙臂。

他的意圖十分明顯，就是打算抱著他跑，跟以前一樣。

不知道是不是錯覺，明明現在情況很危險，但兔子的心情看上去卻很好，為了不要表現得太過明顯，他忍耐抿唇的表情反而讓人在意到不行。

左牧嘆口氣，實在很不想順著兔子的意，尤其是看到他心情好到後腦杓開花的模樣後，更不想照他的話去做。

但，最終左牧還是不得不對現實妥協。

「知道了……但你別又用公主抱……喂！」

左牧才剛往他的懷裡靠近幾公分，兔子就雙眼發光地衝上來把他橫抱起來。

許久不見的公主抱姿勢，讓左牧臉色鐵青地環住兔子的後頸，動彈不得，接著兔子便迅速起身，轉往沙灘的方向飛奔而去。

他們才剛離開藏身的岩石後面，幽靜的樹林裡立刻傳來物體呼嘯而過的聲音，一回神，幾把箭落過他們身旁，插在樹幹以及地面。

就跟他猜測的一樣，兔子確實知道對方的位置，他只是稍微側身、計算好攻擊距離和角度，巧妙地以最短閃避距離躲開攻擊。

接著，左牧感覺到自己以飛快速度穿梭在樹林裡，明明還抱著體重不輕的他，但兔子卻像是無負重般，行動自若。

按照這樣的速度，照道理來說他們應該很快就能到達沙灘，可是左牧卻發現兔子故意在樹林裡繞圈子，雖然有確實縮短與沙灘的距離，卻花費不少時間。

「兔子，你在幹嘛？」

左牧知道兔子不可能會因為享受抱著他跑的感覺，而故意繞路。

就在他剛問完沒多久，箭又再次射過來，兔子側身閃避，而左牧則是親眼看到這把箭掠過胸口，插入樹叢中的畫面。

重複幾次同樣的畫面後，攻擊完全停止。

兔子甩頭凝視某個方向，才終於抱著左牧來到沙灘，小心翼翼地將他放下，隨後羅本就拖著一個男人從樹林裡走出來。

這時左牧才意識到，原來兔子是在跟羅本合作。

兔子跟他作為誘餌，吸引所有攻擊，而消失的羅本則是隱藏起來，找機會把那些殺手除掉。

不得不說，兔子和羅本的配合度好像比之前還要高不少，果然住在一起有助於培養感情跟默契。

「你不是不擅長近戰嗎？」

左牧雙手環胸，質問平安無事回到他面前來的羅本。

羅本冷冰冰地看了他一眼，輕甩手中的步槍。

「我是用狙殺的方式，裝了消音槍所以你沒聽見槍聲，很正常。」

不止如此，羅本還刻意躲藏在樹叢中射擊。步槍的消音裝置只能大幅度降低射擊聲，所以羅本利用周圍的物體將多餘的聲音吸收，讓射擊出去的子彈像幽靈般，無聲無息地擊中敵人。

雖然這種做法會降低子彈的貫穿力，但只要縮短距離的話，就可以彌補這一點，多虧兔子故意當誘餌在敵人面前晃來晃去，他才能夠靠近並不被發現。

「所有人都是一槍解決掉，沒有漏掉的，不用擔心。」羅本簡單地向左牧報告，「不曉得這些傢伙還有沒有其他同夥，我們先回船上去。」

坦白說，羅本原本懷疑這些人會不會是「困獸」的人，所以才特地把屍體拖過來，但兔子的反應卻很平淡，加上這些人的實力和那個組織的人有很大的差距，所以羅本可以肯定，這些人應該是主辦單位雇用的其他殺手。

這些人躲在暗處，頭上戴夜視鏡，拿著武器庫沒有的弩進行攻擊，雖然很蠢沒錯，可是這些人使用弩的精準度卻很高，絕對不是生手。

左牧點點頭。「知道了，我們走……」

好不容易終於排除危險，想著可以回去的瞬間，鄰近沙灘的樹林裡忽然衝出幾道黑影，以超快的速度向三人爬過來。

還來不及確認那是什麼，羅本和兔子就已經提高警覺，先一步反擊。

羅本迅速拿起手中的步槍連續射擊，而兔子則是拔出軍刀，將快速接近左牧的黑色物體刺穿。

它們的腦袋各自被刀刃以及子彈貫穿，輕而易舉就被收拾掉，但很快地下一批立刻補位，數量多到讓人措手不及。

直到牠們衝上沙灘，三人才透過月光的輔助，看清楚這些生物的模樣。

——那是跟大型犬差不多大小的蜘蛛。

常識告訴左牧，這絕對不會是普通蜘蛛會有的體型，更不用說它們頭上的數顆眼珠都發出紅光，一般來說生物的眼睛絕對不可能像燈泡那樣閃閃發亮。

三人迅速往大海的方向撤退，小腿被海水淹沒的他們，站在海中，而這群蜘蛛也很識相地停止前進，就像是不想碰觸到海水一樣，聚集在岸邊。

他們還以為蜘蛛不會再有任何行動，直到他們抬起頭，從嘴巴裡溢出像是硫酸般發泡的液體後，才意識到情況不對。

啪的一聲，土黃色的液體朝左牧灑過來。

羅本跨步擋在左牧面前，用步槍接住灑過來的液體，接觸到液體的步槍瞬間溶解，羅本毫不留戀，果斷地捨棄它，並對著左牧說：「這東西不是我們能應付的傢伙！先走再說！」

同樣的液體再次襲來，左牧等人也顧不得海水有多麼冰冷，又或者潛水服還留在沙灘上，就這樣直接潛入海底。

液體並不會下沉，靜靜地漂浮在海平面，只不過潛入海中的左牧他們並不知道，也沒有時間去留意。

椎心刺骨的冷意，讓左牧無法在海中睜開眼，但他可以感覺到有人抱住他的腰往前游。在氧氣快要用完前，他終於浮出海面。

「噗哈！咳咳咳……」

左牧沒辦法完全睜開眼睛，只感覺到自己的身體正在被人往上拉，直到安然無恙地坐在甲板上之後，才有人把毛巾扔給他。

「看你狼狽的。」黑兔咂嘴的聲音，特別好認。

聽到耳熟的聲音和語氣後，左牧才確定他們已經順利回到船上。

「你們幾個到底是怎樣？沒穿潛水服，直接游過來，是想冷死嗎？」

黑兔一邊抱怨一邊拿毛巾給羅本和兔子。

羅本和兔子很習慣這種事，反而擔心左牧會不會失溫。

「左牧，你先回房間去沖點熱水。」羅本拉住左牧的手，發現他的身體太過冰冷，便把他扶起來往船艙走。

兔子當然不可能放任羅本跟左牧獨處，面無表情地跟在後面。他沒有阻止羅本幫助左牧的理由很簡單，因為現在的情況不允許他任性，還有就是他抱著左牧游回快艇這段路程，花掉不少體力，他現在也難免有點疲倦。

被三人無視的黑兔很不滿意，但看到左牧抖到不行的樣子，也只能妥協。

「那座島肯定有鬼，對吧？」

因為沒人理他，黑兔便只好跟同樣被拋下的謝良安說話。

謝良安哈哈苦笑，轉頭看向雙子島，握在手中的平板則是像在發出警告般，不斷閃爍。

「……是啊，你說得沒錯。」

因為距離夠近，所以他冒險駭入雙子島的系統，想看看能不能幫上什麼忙，雖然確實有找到一些有用的資訊，但那卻是令他無法鬆懈的危險情報。

「沒想到主辦單位會做到那種分上。」

謝良安快速地點擊平板螢幕，調出雙子島的監控系統。

如他預料，監控系統早就已經發現左牧他們偷渡進入島嶼，並且一路跟隨，直到他回到沙灘，被那群大型蜘蛛逼迫進入大海的畫面，全都一覽無遺。

「你在看什麼？」黑兔見謝良安認真過頭地盯著平板，便湊過來看，當他看到那些噁心的大蜘蛛後，厭惡地大聲哀嚎，「呃！這什麼鬼東西？」

「就是它們把那三個人逼得不得不放棄潛水裝，直接游回來。」

謝良安知道跟主辦單位合作的企業中，有個專門研究生物基因的公司，他們公司研發出來的「實驗體」會作為遊戲中的棋子進行測試。

Xenobots——活體細胞機器人也是如此。

如果將這兩個技術融合的話，要製造出這樣的怪物並不是什麼太大的問題，對不把人命當回事的主辦單位來說，只要具有「娛樂性」，即便是怪物也能利用。

他切斷通訊，轉身走回駕駛座，將船駛離。

黑兔不太明白為什麼謝良安的臉色那麼難看，但還是跟著他。

「你打算把船開去哪裡？」

「到有暗流漩渦的區域，今天左牧先生他們需要好好休息才行。」

若左牧他們說什麼都必須攻略這座島的話，那麼他今晚就得熬夜做些準備。

黑兔盯著謝良安露出認真表情的側臉，用鼻子哼了幾聲，翹著二郎腿躺在旁邊的長型沙發椅打盹。

／

隔天中午，左牧等人再次回到雙子島。

這次登島的只有左牧、兔子跟羅本，在知道主辦單位很有可能派人偷襲快艇的前提下，他決定讓黑兔留守，保護他們的交通工具，跟絕對不能被殺死的「隊長」謝良安。

令人意外的是，昨夜還空蕩蕩的港口，如今塞滿停靠的船隻，可想而知這座島的人口密集度有點高。雖然這部分在預料之外，但是並不影響他們的計畫。

左牧的耳骨上夾著金屬扣環，因為大部分都被頭髮遮住，所以不太顯眼。

這是謝良安熬夜的成果。

謝良安很擅長製作這種小道具，即便有點辛苦，他還是花了一個晚上的時間做出簡易型通訊器。他刻意把外觀做成飾品的樣子，不但能夠減少被發現的可能性，附著度也高，唯一的缺點就是，他只來得及完成一個。

因為沒有經過測試，所以謝良安自己也不確定通訊器的穩定度，但至少他可以和戴上通訊器的左牧連絡，並且確認他的所在位置。

『通訊器戴起來沒有不舒服的地方吧？』

謝良安的聲音透過通訊器，傳入左牧耳中。

左牧一邊觀察在港口準備的其他玩家，一邊回答：「很舒適，音質也不錯，我可以理解為什麼主辦單位重視到捨不得殺死你了，一個晚上就能做出這種程度的通訊器，確實厲害。」

親耳聽到讚美，讓謝良安有些不好意思，耳機裡傳出他傻笑的聲音。

「先關掉，有事再跟你連絡。」

『注意安全。』

面無表情的左牧在確認其他玩家的數量和長相時，同時也可以感覺得到這些人正在用非常熱情的目光注視自己，左牧十分肯定，這些玩家當中肯定有打算針對他的ＶＩＰ玩家。

心裡有底的左牧，很快就收回視線，故意無視那些人的眼神，對身旁的羅本和兔子說：「別在意其他傢伙，我們必須專心拿到這座島的徽章。」

「知道。」羅本單手扠腰，不以為然地聳肩，「話說回來，你覺得這麼多玩家同時攻略同個島的機率有多高？」

依照上次的經驗，就算會有和其他玩家攻略同個島的情況發生，但是數量並沒有很多，更何況他們這次挑選的雙子島，需要的通行證數量比之前那座島還多，照道理來說不會是玩家們的首選。

可能性只有兩種，一是這些人都有能過關的自信，二是他們都是主辦單位「故意」找來的障礙。

主辦單位肯定做了什麼，才會導致玩家們聚集在這座島上，但是沒有相關情報的他們只能憑推論來判斷，若是想要確定的話，就得找人問清楚。

左牧知道羅本心裡在想什麼，便聳肩笑道：「沒事啦！反正我也不是第一次見招拆招，既然他們想利用人海戰術，就讓他們試試看。」

無論是昨夜遇到的殺手，或者是把他們逼到大海裡的大型蜘蛛，全都只是主辦單位的操作手段，而左牧並不擔心這會對他的計畫造成任何影響。

再說，他還有能夠人可以問。

腦海裡剛閃過某個人的名字，就發現那個人正站在人群裡與他四目相交，過於巧合的現況讓他不由自主嘴角上揚。

兔子看到這個情況後，很不爽地從他的後腦杓把手伸過來，直接摘掉他的眼鏡，阻止這讓他惱怒不已的對視時刻。

「眼鏡還我。」

兔子把左牧的眼鏡握在手裡，不慣他怎麼左抓右搶，就是拿不到。

最後左牧暴怒地下令：「再不給我，你就回船上去跟黑兔交換工作！」

縱然兔子有千百個不願意，還是只能選擇乖乖把眼鏡還給他。

「真是……」

當他重新戴好眼鏡後，發現和他對視的人已經不見蹤影。

左牧明白對方有話想要談，於是便繞過人群，走到像是倉庫一樣的鐵皮屋後方，果然發現那兩個人正站在那等他過來。

「小牧！」黃耀雪一看見左牧，兩隻眼睛就閃閃發光，看得出來他很想衝過去給左牧大大的擁抱，但還是咬牙忍住。

站在黃耀雪身旁的邱珩少冷冷地看著他們，選擇無視。

不知道是不是錯覺，總覺得邱珩少好像心情特別糟糕的樣子。

「抱歉，突然聯繫你們。」

「沒關係啦，反正以現在的情況來說，也不需要特別隱瞞。」

黃耀雪和邱珩少兩個人是利用別人的身分來隱藏存在感，混入絕望樂園的遊戲裡面，原先他們認為主辦單位的安全機制很完善，不可能瞞得過去，但意外的是陳熙全還真的讓他們平安無事地混進來了。

於是他們依照陳熙全的指示，暗中蒐集情報並等待左牧他們登島，原本事情都在計畫範圍內，直到「困獸」這個危險組織介入為止。

「小牧，你真打算攻略這座島嗎？要不要換個？」

「不管那些人是一般玩家還是ＶＩＰ玩家，就算我換目標他們也會跟過來，所以沒有那個必要。」

「哈啊……確實。」黃耀雪頭痛萬分地扶額，「主辦單位突然通知各個隊伍，特別優待今天登入雙子島的玩家，為的就是阻撓你吧。」

「優待？」

「對，今日登島的玩家只要使用十張通行證，就能夠玩遊戲、拿徽章。」

「看來他們真的很想在今天之內就把我這個障礙除掉。」

「但你還是要去，對吧？」

「對方都特地下挑戰書給我了，盛情難卻。」

「……就知道你會這樣說。」黃耀雪無奈地嘆氣，「總之，我跟邱珩少會協助你的，你需要我們幫什麼忙？」

昨天左牧主動聯繫他們的時候，黃耀雪超級開心，就算左牧沒有仔細說清楚，實際上需要他們幫什麼忙，但光是想到終於能夠跟左牧一起行動，就讓他興奮到睡不著。

左牧沒想到黃耀雪會這麼期待，在看到他興奮的表情後，冷汗直冒。

「這座島的遊樂設施是急流泛舟，一艘船最少搭乘人數為六人，最多八人，所以我需要跟你們隊伍合作。」

在昨夜看到這個規則之前，左牧並沒有計劃跟黃耀雪他們一起行動，雖然他也考慮過更換目標，但比起知道規則、握有情報的遊樂設施相比，其他群島尚未知的遊戲種類，危險性更高。

無可奈何之下，他只能決定更改原本的計畫。

「一起玩！好啊好啊好啊！」

黃耀雪完全搞錯重點地握緊拳頭，興奮大叫。

邱珩少終於看不下去，一拳狠狠往他的後腦杓敲下去。

「痛死我了！」

邱珩少無視他的抱怨，冷漠地看著左牧。

「我也有事情要做，只要不會干擾我，那就無所謂。」

打從在絕望樂園初次相遇那時開始，左牧就覺得邱珩少的態度有些奇怪。

記憶中的邱珩少，總是看起來游刃有餘的樣子，甚至有著只想靠武器解決問題的衝動性格，然而無論是那天在零號區域遇見的他，還是現在的他，都明顯和以往有很大的落差。

邱珩少說過自己還有其他「目的」，所以才會來到絕望樂園，該不會就是這個原因？

老實說，他有點不習慣現在的邱珩少，總覺得比以前還要可怕。

他想搞懂邱珩少到底想做什麼，於是便答應他的任性要求。

「好，那就這樣決定了。」

總而言之，他們這個穩定性有待加強的臨時結盟，終於勉強成立。

指南六：雙隊伍聯合行動

『歡迎進入△△山，請搭乘左手邊的快速列車前往隔壁山區遊玩。』

『本山區為特殊設施，徽章無固定位置，因此手環僅提供偵測。玩家周圍五百公尺內有徽章存在便會出現提示音效，請各位玩家善加利用此功能。』

與前座群島不同，由於玩家數量眾多的關係，官方公告是透過生物型機器人統一發布，然而令左牧在意的，並不是那隻看起來呆萌可愛的駱馬，而是牠們的數量多到有種壓迫感，少說也有十幾隻。

經歷過昨夜，左牧很清楚這些外表看似無害的生物型機器人，絕對不像外表那樣不具有威脅，很明顯地，這些駱馬跟那幾隻攻擊他們的蜘蛛「不太一樣」。

他無法用言語解釋清楚，但就是隱隱約約感覺得出來兩者的差異。

『隔壁山區並無設置港口，請玩家們結束遊玩設施後，回到本島搭乘船隻離開。』

接著，這幾隻駱馬又再說明幾項需要特別注意的公告後，便退至兩側，讓路給玩家們通過。

在聽取注意事項的時候，就可以到旁邊的武器屋任意拿取需要的槍械裝備，所以各個隊伍基本都是留一個人聽說明，其他人則是去拿武器。左牧他們也不例外。

負責拿裝備跟武器的隊友回來後，玩家們一組組出發，羅本和兔子出乎意料地沒有帶什麼東西，尤其是羅本，少見地只有背背包，沒有拿他最喜歡的狙擊槍。

羅本一眼就看出左牧想要問他什麼，於是自己先主動解釋：「這裡的遊樂設施不適合帶那種槍，就算是我也會視情況做選擇的，別以為我眼裡就只有一種槍。」

「……你用狙擊之外的槍種不會不習慣嗎？」

「喂，想吵架是不是？我再怎麼說也是職業軍人，不管什麼槍都會用好嗎。」

要不是因為兔子在，羅本還真想狠狠拍打左牧的後腦杓，把他對自己的嚴重偏見修正回來。

他很常使用狙擊槍沒錯，但那是因為他最擅長狙擊和隱匿暗殺，在認真衡量現況下，才會選擇以狙擊手座為主職。如果說身為職業軍人的他，僅僅只擅長使用單種槍械的話，那他早就沒命了。

「其他玩家都開始往車站移動，我們也走吧。」

三人開始跟著人潮移動。

約距離港口大約一公里距離的位置，有座簡易車站，軌道周圍沒有任何安全措施，甚至埋沒在草叢中，如果不仔細看根本不會意識到這裡有軌道存在。

由於登島的玩家很多，所以短短三節車廂很快就坐滿。

與想像中不同的是，列車速度很快，而且完全不影響搭乘的舒適度，甚至還有高級美食和飲品可以享用，可以說是相當豪華的列車。

比起充滿危險與惡劣氣溫的夜晚，白天的雙子島十分安全美麗，如果不是因為知道他們現在身處於無規則可言的遊戲中，或許還有些閒情逸致可以欣賞窗外風景，幻想自己是在旅行，而不是玩主辦單位設計的奪命遊戲。

如果沒有人手一把槍的畫面會更完美。

十多分鐘後，車廂內開始廣播。

『即將抵達一號月台，請第三節車廂玩家準備下車。』

廣播過後幾秒，列車便放慢速度，接著左牧聽見後方車廂傳來「喀啷」一聲，就像是金屬物體摩擦的聲音。

轉頭一看，發現三號車廂竟然就這樣被遺棄，同時列車再次加快速度前進，奇怪的是，周圍並沒有看到「月台」這樣的建築設施。

左牧突然覺得事情變得很麻煩，因為他大概知道這是什麼情況了。

他昨晚看的資料裡面，只有提到會搭乘列車前往遊樂設施的所在位置，但是並不知道列車竟然還會自動卸除車廂，就這樣把車廂的玩家扔在什麼都沒有的地方。

從這情況來看，估計這座山裡肯定沒有正經的「月台」，再來列車應該就會在下個點拋棄他們搭乘的第二節車廂，只剩車頭和第一節車廂繼續往前。

幾秒鐘後，果然就像左牧預料的那樣，輪到他們這節車廂被拋棄。

車廂並沒有立刻打開門，而是在車頭往前行駛到看不見之後，左右兩側的門才自動打開。

原本車廂內的玩家就已經對這個莫名其妙的狀況感到不安，每個人都毛毛躁躁的，所以車廂門一打開，便全部衝出去，只剩左牧等人慢悠悠地下車。

「這是什麼莫名其妙的安排？」

黃耀雪很不爽地雙手環胸，一路上不斷抱怨。

其他人根本不想理他，幸好往前走沒多久就看到遊樂設施搭建的鐵架，與掛著寫有「入口處」的牌子，才終於讓黃耀雪停止碎念。

「急流泛舟？」

「這、這是什麼鬼急流泛舟！」

剛踏進遊樂設施，左牧等人就聽見其他玩家錯愕地交談著。

他笑了笑，十分認同他們。

在這棟生鏽的建築物裡面，踩著發出喀喀聲，像是隨時都有可能踩空的地板和階梯，還有那被風吹得搖搖晃晃、歪斜不正的牌子，完全被棄置的模樣讓人嚴重懷疑它的安全性。

但這裡可是絕望樂園，有這種看上去從未維修過的遊樂設施，並不違和。

建築物是沒救了，不過至少從其他儀器設備來看，還算說得過去。要是連停靠在準備區的五艘圓形橡皮艇都破破爛爛，隨時都會沉下去的模樣，他恐怕真的會想殺人。

『一艘船限乘坐八人，至少載滿六人即可開始遊玩。』

掛在木架上搖搖晃晃的大聲公，不斷重複這句話。

其他玩家們剛開始還有些猶豫不決，不知道該不該踏上橡皮艇，但在幾個人率先行動後，也就顧不得安全疑慮，先搶先贏。

五艘圓形橡皮艇很快就塞滿人，甚至因為人數問題而起紛爭。

搭乘第二節車廂的玩家約有五十多人，僅僅五艘八人座橡皮艇，完全不夠用。

黃耀雪原本想去替左牧搶一個過來，但是卻被他攔阻，只好什麼都不做。

「你不搭嗎？」

「萬一搶奪過程中傷到橡皮艇，就不划算了。」

左牧才剛說完，其中一個橡皮艇就因為玩家們的爭執和打鬥而被子彈擊穿，無法搭乘，這讓剩下來的玩家們開始顧不得彼此，急急忙忙塞上剩下的四艘橡皮艇，離開搭乘區。

被同樣留下來的玩家，除他們之外還有另外五個人，若不是跟他們有相同的想法，就是對這座島的設施、規矩等十分熟悉，所以才沒有介入剛才的紛爭。

至於其他玩家，不是在剛才爭奪中落水，就是被其他玩家開槍威脅後殺死，人數足足少掉三分之一。

『**下批橡皮艇將於五分鐘後到達。**』

原本還在覆誦同句話的大聲公，突然改口。而這也證實了，剛才那種情況就是主辦單位刻意製造出來的「錯覺」，為的就是想要讓玩家們互相掠奪。

估計他們在決定要讓玩家們大量登島的時候，就已經先構想好這些小計謀，畢竟那些傢伙本來就很愛看玩家們打個你死我活的樣子。

正因為如此，左牧才會決定冷處理。

「喂。」

原本想趁這段時間和黃耀雪他們談自己手裡掌握的線索，卻沒料到另外一組玩家竟然主動找他搭話。

左牧轉過身，看著這幾個表現出冷靜態度，但注視他們的眼神中卻充滿挑釁意味的玩家們，收起笑容。

「有什麼事？」

左牧作為代表，開口回應對方。

跟他說話的男人看起來很年輕，隊伍裡的其他人年紀似乎也跟他差不多，像這樣的玩家照道理來說應該滿血氣方剛的，然而他們幾個人的態度卻很冷靜。

剛開始左牧還不清楚他主動找他說話的原因，直到對方回答：「我們幾個不是第一次來挑戰這座島的遊樂設施了，你們看上去是第一次來，要不要跟我們合作？」

左牧瞇起眼，果然和他預料的一樣。

當然，他對於跟陌生人合作沒什麼興趣，果斷拒絕。

「不用。」

「什……我們可是好意找你們欸！」

「難道不是因為你們少一個人的關係，才想用那種藉口搭訕我們嗎？」

左牧這邊有三個人，邱珩少和黃耀雪則是還另外帶著兩名男人。這兩個人不像是普通玩家，面對陌生人的合作邀約，立刻擺出驅趕對方的凶惡視線。

正因為他們這邊的人數足夠，加上實力看起來很強的樣子，這些傢伙才會跑過來說要跟他們合作，這樣缺一人的他們才有搭乘資格。

當然，左牧可沒有好心到願意幫助其他人，更何況他也不需要情報。

「你們可以等下一批列車的玩家來之後再搭就好。」左牧瞇起眼，半信半疑地盯著那張咬緊嘴唇，一臉不爽的男人看，「還是說，你找我們合作的理由，不僅僅只是因為搭乘人數不足的關係，而是其他原因？」

似乎被他猜中了。

左牧看到這個男人露出心虛的表情，他的隊友們也冷汗直冒。

這麼單純直接的反應，說明了這群玩家只是普通人，直接點講就是拖後腿的機率高達八九成，所以還是別有交集比較好。

在雙方氣氛尷尬的情況下，後一批橡皮艇已經到達準備區。

左牧調頭，打算搭上橡皮艇離開，沒想到男人因為看見他要離開，一時著急而朝他伸出手，想要攔住離去的左牧。

只可惜，他連左牧的衣服都沒碰到，就先被釋放出殺戮氣息的兔子用力抓住。

兔子面無表情，雙眼閃爍著嗜血的衝動，把男人跟他的隊友嚇掉半條命。

「痛、痛啊！我的手……快點放開！」

男人的手腕被兔子抓到瘀青，骨頭甚至發出喀喀聲響，聽起來十分不妙。

在聽見隊友的哀鳴後，其他人立刻回過神，掏出手槍對準兔子。

「呃啊啊啊！」

碰地一聲槍響，劃破寧靜，站在男人正後方的隊友頭部噴血，倒地不起。

「你、你們居然敢——」

意料之外，開槍的不是這些故意找碴的玩家，而是筆直將手伸向前方，一臉嫌棄地看著他們的邱珩少。

「現在你們缺的就不只一個人了，怎樣？還有興趣繼續鬧嗎？我可以讓你們再少兩個隊友。」

邱珩少邊咂嘴邊把槍口對準下一個人，在看到槍口轉移目標後，這些玩家也顧不得繼續爭論，開槍反擊。

兔子將抓在手裡的男人拉過來，以他的身體作為盾牌，替左牧擋掉子彈，而其他人也都很習慣面對槍戰，各自躲在安全的地方。

他們沒有人打算開槍反擊，因為兔子已經殺紅眼地甩開男人的手，拔出軍刀衝向那些不知死活的玩家。

十多秒時間，這些玩家甚至連兔子的影子都沒看見，就被他切斷握槍的手指。

「好痛！媽的痛死我了！」

「手！我、我的手！」

玩家們的哀鳴聲四起，但兔子卻無視他們地痛苦，狠狠地踩在其中一個玩家身上，緩慢地將他的脊椎踩碎。

左牧頭疼萬分地看著眼前變得越來越糟糕的現實，淡然地說：「夠了，兔子。別管這些傢伙，我們還有事情要做。」

兔子這才慢慢收起腳，回到左牧身邊。

左牧無奈地看著在地上哀號、或是已經沒有氣息，成為冰冷屍體的玩家，重重地嘆口氣。

果然不管去哪都會遇到這種自討苦吃的笨蛋。

「上船吧。」左牧轉頭說道，並再一次地無視這幾名玩家。

左牧一行七人順利搭上橡皮艇，安靜地離開被鮮血染紅的設施入口。

／

溪水流動速度比想像中慢一點，在離開搭乘口後約一百公尺左右的距離，他們基本上都只是單純隨著水流漂浮。

橡皮艇備有兩把船槳，可想而知當然不夠用，但有總比沒有好。船槳交給力氣比較大的兔子和另外一名沉默寡言的男人來使用，聽邱珩少說這個男人有點泛舟經驗，所以交給他應該沒什麼問題。

在前進約五十多公尺之後，兩側多出左右兩道水道，共同匯流至前方稍寬的小溪。除他們之外，兩邊都有同樣的橡皮艇出現，乘坐的玩家看到他們似乎也很驚訝，但很快所有人的注意力就不再放在彼此身上，而是前方不遠處明顯開始變得湍急的溪水。

因為列車莫名其妙地拋棄車廂，加上ＡＩ系統提起月台的事，左牧本來就有點半信半疑，如今在看到從其他分支出現的橡皮艇之後，更加確定自己的想法。

這個遊樂設施有三個搭乘口，可能是為了分散人流才這樣做，但左牧不認為主辦單位會做這種沒意義的安排。

第三節車廂被拋棄的位置比他們的位置來得高，以搭乘口的高度來看，從那裡出發確實有跟第二批出發的人碰面的機率，至於第一節車廂的資訊，他就不得而知了，不過從能夠同時撞見這點來看，應該跟第三節車廂的理由差不多。

「做好準備。」站起來負責觀望周圍情況的羅本，開口提醒左牧。

左牧收回思緒，抓緊橡皮艇旁的鐵製把手，進入急流區域。

橡皮艇快速下沉後加快前進速度，被溪水粗暴地甩來甩去、狠狠撞在石頭上面後，轉了個方向又繼續往旁邊撞擊。

衝擊力道比想像中還大，簡直就像是被肌肉男抓住後用力往石頭上砸的感覺，明明沒有實際碰撞，關節跟肌肉卻痛到不行。

「小牧！抓緊點！」

「我知道！你別說話，要是咬到舌頭還得了！」

安全起見，他們並沒有再繼續對話，每個人都認真地依附在橡皮艇上，努力不讓自己被甩進溪水裡。

要是掉下去的話，想救也救不回來。

湍急區域並不是很長，但對他們來說卻像是持續很久，沒有盡頭般。

好不容易熬過這段令人胃疼的區段後，左牧都還來不及緩過來，就聽見黃耀雪著急大喊：

「快趴下！」

他不知道黃耀雪看見什麼，因為兔子立刻撲過來把他壓在身下。橡皮艇旁傳來重物落下的聲響，接著大量溪水從頭頂灌入，冷到讓人忍不住發抖。

「該死！石頭是從哪過來的？」

「啊啊啊！不、不要！」

「躲開……不對！快點棄船！」

從樹林裡大量扔擲出的石頭，雖然只有人頭大小，但是重力加速度卻讓它成為擁有砲彈威力的武器，輕而易舉就能砸毀橡皮艇。

原本跟他們一樣穿過湍急區域的其他橡皮艇不少，卻在飛石攻擊之後大量減少，玩家們不是跳溪逃生，就是運氣很糟糕地被石頭直接砸爛。

至於在溪水裡載浮載沉的玩家，則是打算往岸邊移動，卻赫然發現身體根本游不動，不但沒有跟岸邊縮短距離，反而還被水流強行拉走。

這時，所有人才終於注意到這段平坦的區段並沒有太長，因為眼前又是另外一段湍急水域。比之前那段還要更加粗暴的流水，和長年被溪水切割後銳利無比的岩石與流木，讓人意識到這才是真正的危險。

「救、救命！」

「不要！不要啊！」

「求求你們，讓我上船，把我拉上去——」

玩家們的哀嚎聲四起，甚至放棄思考地開始向其他橡皮艇求助，然而橡皮艇完好無缺的玩家們，卻沒有人願意伸出援手。

一部分的人是根本不在乎其他人的死活，管都不想管，另外一部分的人則是自身難保，因為他們已經開始準備面對新一波的湍急水流。

落水的玩家們，很快就消失在濺起的白色水花裡，在下滑進入急流區域後，他們就再也沒有浮上來過，就像是消失了一樣。

左牧他們的船還算幸運，並沒有被飛石砸中，但這並不是因為他們運氣好，而是在其他人恐慌並開始閃躲的時候，羅本從背包裡拿出幾顆手榴彈，往砸向他們的飛石扔過去，準確無誤地炸碎石頭。

這就是他們安然無恙度過飛石攻擊的原因。

話雖如此，他們也不能說是幸運，因為在來到溪流最為瘋狂的水域後，基本上所有玩家的橡皮艇都無一倖免。

左牧他們的橡皮艇很快就敗在其中一顆巨石上面，整個翻覆。

摔進冰冷溪水的瞬間，左牧腦海閃過「死定了」三個字，即便如此他還是努力屏息，試圖讓自己熬過去。

身體狠狠撞擊幾次之後，後腦杓被砸中，讓左牧一瞬間失去意識。

在他完全閉上雙眼前一秒，他看見兔子臉色鐵青地朝他伸出手，緊緊地把他抱在懷裡，兩個人一起順著水流，直到完全被吞食。

失去意識的這段時間，左牧並沒有做夢，但腦海裡卻浮現出昨晚從電腦裡看到的情報。

明明知道設施種類和基礎規定，對他來說就算是不錯的結果，只是沒想到中間省略了這麼多的「細節」，讓他深深體會到主辦單位的惡意。

怪不得這座島的通行證數量會突然來個大折扣，這座島的遊樂設施，還真不是普通人能承受得起。

帶著滿滿的怨念，無意識的左牧皺緊眉頭。

一滴滴趨近於零度的水，沿著鐘乳石滴落在他凹凸不平的眉間皺紋，把左牧嚇得立刻睜開眼，從冰涼、堅硬的地面爬起來。

「好、痛！」

強烈的疼痛感與像是被刀砍過的感覺，讓左牧難受地咬緊牙根、冷汗直冒。他下意識地想要輕推鼻梁上的眼鏡，卻發現眼鏡早就不知道被溪水捲到哪去。

「該死，怪不得看不太清楚。」

他艱難地抬起沒有什麼力氣的手臂，赫然發現自己的身體不但有許多瘀青的痕跡，還有許多細小的刮傷。但，讓他痛到麻痺的傷口，是左手臂上的撕裂傷。

傷口長度約有十多公分，傷口模樣令人畏懼，但是讓他頭昏無力的並不是因為過於血淋淋的傷口，而是失血過多。

萬幸的是，傷口雖然看上去很嚴重，不過並沒有很深。

衣服已經被劃破，所以左牧果斷撕開長袖，作為臨時用的繃帶，綁在傷口上方的位置，他現在得先阻止傷口繼續流血，再繼續缺血過多反而會對情況不利。

就在他稍稍挪動身體，打算起身的時候，赫然發現躺在身旁的白色身影，這才發現兔子竟一動也不動地躺在那。

他的身體也有不少瘀青跟擦傷，幸運的是沒有像他這樣的撕裂傷。

「兔子。」左牧抓著兔子的肩膀，輕輕搖晃，「兔子，醒醒。」

碰觸他的身體時，兔子的體溫低到讓人頭皮發麻，左牧有點擔心他會不會因為失溫的關係而沉睡不醒，但是才剛這麼想，下一秒他就看見兔子突然瞪大雙眼，用那雙布滿血絲的眼眸惡狠狠地瞪著他看。

左牧害怕地瑟縮身體，下意識把手收回，卻又很快被爬起身的兔子抓了回去。

兔子把臉貼近他，兩人的距離近到都快碰到鼻尖，令左牧不知所措。

「兔子……你、放開……」

話還沒說完，兔子就突然把頭靠到他的肩膀，將重量全壓在上面。

他輕輕地拉起左牧的手臂，偷偷瞥了一眼後，難受地用額頭磨蹭他的脖子。

左牧嘆口氣，看樣子這隻兔子只是因為從昏迷中清醒而恐慌，才那副凶神惡煞的樣子。

「你保護了我對嗎？否則我肯定不可能從那種急流裡活下來。」

兔子沒有回答，而是非常認真地盯著他的傷口看。

見他全心全意擔心自己的傷勢，左牧也就不好再說什麼。

忽然，兔子像是察覺到什麼動靜，猛然起身，並反手握住軍刀，直勾勾地盯向漆黑的洞窟深處。

看他這麼警戒的樣子，左牧也跟著緊張起來。

說起來，他還沒來得及確認他們的位置，也不清楚其他人的安全狀況，要是在這種時候遇到敵人的話，那可不是開玩笑的。

與他擔心的不同，當他看清楚走過來的人是誰之後，鬆了口氣。

「你那是什麼狼狽樣？」

熟悉的語氣和令人不爽的態度，換作是平常的話肯定讓他很不爽，但現在聽起來卻有種意外的安心感。

他嗤鼻笑道：「你也沒好到哪去吧，邱珩少。」

邱珩少單手扠腰，瞇起眼不屑地說：「醒了就快點起來，我們沒多少時間在這裡混。」

他指著距離左牧腳邊不遠處的浪花，「再過陣子就會漲潮，水位會上升到你現在的位置，我們得在這之前離開。」

兔子小心翼翼地攙扶著左牧起身，兩人來到邱珩少面前，繼續聽他說下去。

「在你睡懶覺的時候，我逛了一圈，裡面有扇門，應該能從那出去。」

「我是怎麼到這裡的？」

「你的寵物把你拖過來，我們不過是跟著而已。」

邱珩少指著身旁的男人，左牧瞇起眼，努力看清楚對方是誰。

啊，原來是那個有泛舟經驗、沉默寡言的男人。

「那種可怕的水流速度，我們是怎麼活下來的？」

「因為它很短，急流只有一小段距離，之後就是瀑布。我們後來全都是從瀑布摔下來的。」

「瀑布……哈，原來如此，怪不得只是有些擦傷。其他人呢？」

「我不知道。」邱珩少老實回答，「我跟黃耀雪雖然有攜帶通訊器，但似乎有訊號干擾，我沒辦法跟他連絡上。」

說不擔心絕對是騙人的，可是現在也不是浪費時間擔心其他人生死的時候，只能希望羅本他們平安無事。

看著左牧手臂上的傷口，邱珩少從藏在白色實驗袍下的腰包裡拿出兩罐塑膠瓶，倒出兩顆藥給左牧。

「把藥吃下去，我來替你簡單治療傷口，要不然我們還沒離開這鬼地方，你就掛了的話，會影響到我們的計畫。」

兔子雖然對邱珩少還有些防備，但左牧倒是沒有半點懷疑。

他從邱珩少手裡接過藥丸，強行嚥下肚。

見他乖乖吞藥後，邱珩少又從腰包裡拿出藥膏，挖一大把抹在左牧的傷口上。

「好痛！媽的痛死了！」

藥膏敷上去帶來的刺痛感，讓左牧忍不住大叫。

他的聲音讓兔子很緊張，不知所措地看著他痛到扭曲的表情，轉過頭，咬牙切齒地瞪著邱珩少。

邱珩少完全不怕兔子的威脅，撕開實驗袍的下襬，作為繃帶替左牧把傷口包紮起來，並把他原本用來止血的碎布扯掉。

「那是止血用的藥膏，敷著，別做什麼大動作。」

「為什麼只有我傷得這麼重……」

「你的運氣比別人差所以才會受傷，少因為這種小事在我面前碎碎念。」

邱珩少很像是在抱怨，但跟他之前的性格相比，已經算得上是比較「溫柔」。雖然左牧認為「溫柔」兩個字跟邱珩少很不搭，但一時間也想不到其他詞來形容。

「虧你什麼都不問，直接吞我給你的藥。你不怕我餵你毒？」

「毒死我對你沒有任何好處。」左牧聳肩，若無其事地回答：「再說你之前才幫我解過毒，你應該沒有閒到會浪費時間去毒死自己救過的人吧？」

「……哈！你還是這麼膽大妄為，跟你待在一起果然很有趣。」邱珩少勾起嘴角，笑得很開心，但卻總讓人覺得有種陰險感。

他接著問：「沒有眼鏡沒關係嗎？」

「嗯，沒關係。雖然距離太遠會看不清楚，但不會有太大的影響。」

「不會扯後腿就好。」

「哈……你當我是誰？就算我瞎了也不會扯人後腿的好嗎。」

他要收回前言，這男人果然一點也不溫柔。

左牧一直有種錯覺，就好像現在會變成這樣，是主辦單位原先設置好的計畫。

根本不可能有人能平安無事地跨過從那種急流，這個遊樂設施打從一開始就不想讓所有玩家的船到達目的地，左牧甚至懷疑，這條溪流到底有沒有設置「終點」。

事到如今，去思考這件事已經沒有什麼意義，還是先從眼前的問題開始處理比較實在。

「走吧。」邱玠少抬起眼，對他說：「我帶你去裡面看那扇門。」

「……知道了，走吧。」

／

「這讓我想到了之前跟你在那座島上的事。」

邱玠少沒來由地開始懷舊，嚇得左牧臉都歪一邊。

「你沒頭沒腦地說什麼呢？」

「我們之前不也是四個人一起被困住？呵，當時的你真的很有趣。」

左牧不管怎麼想，都不覺得那段回憶哪裡「有趣」，反正他現在也懶得跟他說那麼多，因為他們沒有時間懷念過去那段回憶。

於是他選擇無視邱玠少，重新審視眼前的門。

嚴格來說，這並不是能夠讓人「通過」的門，而是鑲在岩壁裡面的雙門櫥櫃，扭曲的把手上設置密碼鎖，密碼鍵盤是由數字和英文所組成的，但這附近完全沒有關於密碼的線索。

雖然只需要輸入三個數字或英文就可以打開，但可以選擇的字太多，排列組合多到沒辦法靠他們兩個人解開。

「你覺得裡面是不是放著島主徽章？」邱珩少半信半疑地問，但又再自己說出口之後否定，「……不，總覺得應該不會那麼簡單。」

「這座島的設施『急流泛舟』，是只要搭乘完全程就可以拿到島主徽章，聽起來並不是很困難，估計很多玩家都沒考慮到溪流的路線，就沒頭沒腦地踏入這裡。」

左牧的解釋聽上去並沒有直接回答邱珩少的問題，但也不是說完全沒有給予解答。他壓低雙眸，將右手輕輕往身旁一攤，「如果說這裡面放的是徽章，也就是說這個地方是終點，但，我不這麼認為。」

邱珩少冷漠地注視他。

「既然你這樣認為，那麼門裡的東西是什麼？」

「我怎麼可能知道，我又沒透視眼。」左牧冷汗直冒，實在不懂為什麼邱珩少老把他當成哆啦[redacted]夢，難道他真以為他無所不知？

無奈地嘆口氣之後，左牧繼續說：「掉落到這個洞窟裡的玩家，應該不只有我們，如果說墜落瀑布後就會被水流衝到這附近的話，玩家們肯定會在這裡徘徊，也就是說……」

左牧拿出手電筒，照亮附近的岩壁，看上去像是在找東西。

很快地，他就在更深處的岩壁上發現其他的「門」。它跟邱珩少發現的「門」一樣，都設有電子鎖，鍵盤上的數字和英文也相同。

「果然是這樣。」原先他只是推測，但現在他可以確定了。

這裡是「急流泛舟」設施的第二階段遊戲。

跟之前的實境射擊設施一樣，果然這些島的遊樂設施都不是一次完成，從結果來看，開始玩遊戲之前官方也不會詳細解釋這部分。

「你跟黃耀雪在我們來之前，有攻略過其他群島嗎？」

「沒有，我們的目的是蒐集情報，並不是玩遊戲。」邱珩少歪頭道：「而且島主徽章是可以從別的玩家那裡直接搶奪過來的，等到要離開的時候再去搶別人的就好。」

邱珩少說得很輕鬆，完全就是打算占別人便宜，聽上去很讓人不爽，但這本來就是邱珩少的做事風格，左牧也不打算說什麼。

這傢伙搶誰的都好，只要別搶他的就行。

「看來你們蒐集的『情報』，跟這裡的遊戲沒有任何關係。你們的目標對象是這裡的玩家嗎？還是說……是跟著我一起過來的那些ＶＩＰ玩家？」

左牧並不認為自己的想法有誤，所以才會故意當著邱珩少的面把話說得很直接，原本他以為邱珩少多少會對他不爽，意外的是，他的反應很平淡，甚至只是對著他的臉嘆氣。

邱珩少又擺出這張臉，跟在零號區域救了他之後的表情一模一樣。

他所認識的那個「邱珩少」可是個總是帶著令人毛骨悚然笑容的可怕男人，而不是像現在這樣，跟普通人沒什麼不同。

「知道嗎?你有時精明得讓人討厭。」

「我對你這種正經不爽的模樣感到頭皮發麻，你要不就跟以往那樣當個瘋子，要不就老實點當個正常人。」

「哈，瘋子?」邱珩少嘴角上揚，「那些該死的傢伙才是比我還瘋的瘋子。」

「你在說什……」

「我來這裡並不是因為你的關係，也不是因為陳熙全要求我過來。」

「……難道是因為你的『過去』?」

說實在話，他並不是很瞭解邱珩少，但也沒想過要去瞭解。

逃出那座島之後，他們就再也沒有見過面，也沒有見面的必要，所以原本他以為自己不會再跟這個男人說上話，天曉得事情會變成現在這樣。

原本他就對向來滿腦子只想著研究的邱珩少，會答應陳熙全出現在這種地方的事情感到懷疑，現在聽到他這麼說之後，更加確定——這裡有邱珩少無論如何都想要殺掉的目標，或是有想要奪回的東西。

邱珩少瞇起眼微笑，他收起原本嚴肅的表情，像以往那樣態度狂妄地回答：「要不是因為我特別中意你，我現在早就把你給殺了。」

邱珩少討厭比自己聰明的人，但他卻很想要把左牧變成自己的所有物，即便知道左牧不可能乖乖妥協、聽命於他，仍忍不住想要嗆他，欣賞那張因為厭惡他而慢慢扭曲的表情。

「你已經從謝良安那邊知道 Xenobots 的事了吧，這次主辦單位就是利用這個技術追蹤你們的。甚至……在這些群島裡面也存在其他同樣的機器人。」

聽到邱珩少說的話之後，左牧自然而然地聯想起昨晚碰見的大型蜘蛛。

他很難不去懷疑，那些蜘蛛是不是也是活體細胞機器人的一種，如今聽到邱珩少說的話之後，他才能確定自己的猜測沒錯。

「Xenobots 是生物、基因、細胞以及系統程式等技術共同創造出來的最新實驗體，謝良安也曾參與其中。」

「嗯，他有跟我說過這件事。」左牧抬眼看他，「難道你也是？」

邱珩少冷冰冰的笑道：「……不，我並沒有參與開發研究，而是被排除在外。」

「排除……在外？」

「那些該死的傢伙，偷走了我的研究，擅自拿去研究開發 Xenobots。」邱珩少轉動眼珠，與左牧四目相交，「Xenobots 所使用的細胞活體研究，是我的東西，前公司把我踹出去之後拿走我的研究，就是因為知道我所研發出來的細胞核能夠聽從程式指令行動。」

「什……你是說那些東西是你創造出來的？」

「正確來說是他們偷取我的研究後，找謝良安過來開發相關程式，在培育出活體細胞生物的同時，將牠們製作成能夠完全順從指令行動的傀儡。」邱珩少越說越不爽，咂嘴道：「這就是那些傢伙製造出來的 Xenobots。」

現在左牧可以理解，為什麼邱珩少會那麼生氣，甚至連個性都變得跟之前有些落差，眼睜睜看著自己的研究心血被人奪走，不可能有人能夠忍氣吞聲，什麼都不做。

「把我開除的公司，跟主辦單位之間有合作關係，陳熙全說他們利用群島行遊樂園的場地來進行 Xenobots 的實驗體測試，所以我才會來。」

「你是想把你的研究奪回來？」

「不，我是要毀掉它。要不然你以為我那麼愉快地研究毒藥是為了什麼？」

左牧覺得自己真的不該問，到底為什麼會想要去惹邱珩少這個變態？這傢伙看起來就是有仇必報，而且還會加倍奉還的那種個性。

「總而言之，我們先想辦法離開這裡吧。」左牧用手指輕敲門上的電子鎖，「先找線索，然後再——」

話才說到一半，突然從洞窟深處傳來低沉的野獸吼聲，迴盪在陰冷黑暗的空間。原本還在交談的左牧和邱珩少立刻安靜，同時往洞窟深處望過去。

緊接而來的，是人類的淒厲慘叫，與大喊「救命」的哀求聲，以及物體被撕碎的聲響。

聲音朝他們的方向迅速逼近，比起還在愣神的兩人，兔子以及沉默寡言的男人率先行動，各自抱起兩人躲入陰暗處。

背貼著冰冷、潮溼的岩壁，左牧已經分不清楚是自己因為恐懼而感到冷意，還是因為環境的關係。

零星幾個人影倉皇逃跑，在他們的身後有許多動作飛快的影子在追逐。

左牧看得不是很清楚，所以不知道他們是在被什麼東西追殺，直到其中一個人絆倒在地，被那些生物一擁而上，撕成碎片後，他才知道那些是什麼東西。

牠們遠看很像是狗，尾巴卻像是狐狸，尾端的黑毛特徵十分顯眼。

不管這些生物是什麼，總之，都必須離牠們遠點。

兔子同樣也看見那些動物的模樣，他眨眨眼，抓起左牧的手，在他掌心寫出這隻動物的注音拼音。

「豺？」

兔子點點頭。

左牧很訝異，他沒想到兔子竟然知道那是什麼。

這很明顯不是隨隨便便能夠辨認出來的生物種類，但左牧並不打算深究原因。

「那些傢伙看起來很危險，要怎麼做？」

兔子摸摸左牧的頭，然後從背後用力抱住他，直接坐在地上動也不動。

左牧剛開始對他的反應感到困惑，慢慢地才明白兔子是什麼意思。

是要他們安靜待著，別隨便亂動是吧？

雖然左牧不喜歡這個姿勢，但他也只能暫時妥協。

『終於連絡上了！』

夾在耳骨上的通訊器傳來謝良安焦急的聲音，左牧有點訝異，因為他記得自己並沒有打開通訊器，難道是掉下瀑布的時候不小心碰觸到開關？

『你的位置移動速度很不尋常，所以我想說你們應該是遇到什麼事……但你又沒有開通訊器跟我連絡，害我不知道該怎麼辦才好。』

焦急的謝良安劈里啪啦說了一大堆話，但左牧並沒有心思去仔細聽。

「我沒有打開通訊器。」

『……是嗎？真奇怪，難道說裝置出現故障問題？』

「可能是泡在水裡或是我從瀑布摔下去之後，撞到什麼吧。」

『你、你什麼！』

謝良安的聲音不由自主地提高八度，彷彿能夠看見他臉色蒼白捧著臉頰尖叫的畫面。

左牧歪頭盯著還在附近徘徊的豺群，牠們現在跟自己有段距離，只要留意說話音量，應該不會有什麼問題。

於是他大致把事情過程簡述給謝良安聽。

通訊器另一端沉默了好幾秒時間，才終於又聽見謝良安略帶沙啞的聲音。

『哈……這座島果然沒有想像中那樣單純。』

「嗯，不過也讓我確定一件事，那就是通行證花費的數量跟島上的遊樂設施難易度沒有任何關係。」

這次他所花費的通行證數量比之前的島要多，可是兩者的遊戲難度對普通玩家來說，沒有多少差別。他甚至在和黃耀雪確認通行證的使用張數時，意外發現一件很離譜的事。

除他之外的玩家，都是用原本所需的通行證除以二的數量來登入島嶼，就只有他花費的張數比別人多。

很明顯的，主辦單位的「優惠」僅限於他們之外的玩家。

左牧在得知這件事情後，並沒有什麼想法，因為他們手上握有的通行證數量很足夠，所以就算浪費點也沒關係。

更重要的是，主辦單位藉此吸引更多玩家到這座島上來的理由是什麼。

以目前情況來看，這些貪便宜的玩家們集中到這座島並沒有什麼太大的意義，倒不如說反而增加了死亡人數。

對主辦單位來說，玩家死亡速度太快，會反而影響到這座島嶼的「觀賞價值」，畢竟他們的會員就是喜歡看到人類面臨死亡時，痛苦且恐懼的模樣。

雖然他不懂這有什麼樂趣，但為了滿足會員們的變態心理，主辦單位仍會愉快地將真實的死亡呈現在這些人面前。

『你的通訊器打開一段時間了，可是訊號卻連不上，剛剛才好不容易終於恢復。』

「所以你才會突然在我耳邊大喊。」

『我、我是因為擔心才……你耳朵沒事吧？』

「看來你也知道自己的聲音太大。」

『唉……別調侃我了。』謝良安一邊敲打鍵盤一邊說：『你現在是在山腰左右的位置，從地圖來看，瀑布的正下方是個像臉盆一樣的湖泊，周圍都是陡峭的山壁，沒辦法用走的爬上去。』

「我從沒聽說過這種地形。」

『這些群島大多數都有被主辦單位改造過，所以地形十分詭異。』

「照你說的，也就是說那座湖泊很深囉？」

『沒錯，深度從山腰到山腳，而且裡面還有其他可以控制水流的裝置，以及像蟻穴般複雜的隧道。』

「原來如此，所以他們才能夠把掉落湖裡的玩家一個個拉進隧道，把人分散帶到洞窟的其他位置嗎。」

『應該是這樣，不過那個洞窟並不是很大，而且就在瀑布下方稍微偏左的位置，我想頂多只有三到四個分散點。』

「……你知道的有點過於詳細啊，謝良安。」

『我……我駭入了島上的監視器。』

「生物型機器人？你居然能夠駭得進去。」

『原本我不打算這樣做，被抓到的風險很高，但突然聯繫不上你，讓我有點害怕，所以才……』

「不，沒關係。倒不如說這樣正好。」左牧摸著下巴思考，「洞窟裡有些長得像豺的活體細胞機器人，它們似乎是接收到格殺毋論的指令，正在把其他玩家撕成碎片。」

『……果然。』

「聽你的口氣，你該不會早就知道了吧？」

『我在駭入其他生物型機器人的時候，就有注意到，因為程式碼很熟悉。』謝良安搔搔頭繼續說：『雖然我也很想駭入活體細胞機器人的系統，強行奪取，危險歸危險，但對我們會有幫助，可是它的系統並不是短時間就能侵入得了的，我衡量時間後才沒有下手。』

「意思是你做得到對吧。」

謝良安簡單地用「嗯嗯」兩個字回答後，左牧滿意地勾起嘴角。

「這件事我們回去再談，現在我有其他需要你幫忙的。」

它把電子鎖和櫥櫃門的事情告訴謝良安，既然是跟系統有關的東西，讓謝良安來處理是最快的。

『那東西沒有連上網路，我沒有辦法處理。』

「呃，我才剛想說要誇你，沒想到你還是沒有任何幫助。」

『沒、沒辦法啊！我能做的事情有限，程式也不是萬能的。』

左牧正和謝良安說到一半，靠在他肩膀上的兔子突然拍拍他。

「怎麼了？」

兔子指著自己的脖子，再指指那些徘徊在不遠處的豺。

左牧瞇起眼，這段時間他也算是終於習慣跟兔子的交流方式，就算他只是用簡單的方法來跟他對話，也能大概理解兔子想表達的意思。

「脖子……哦。」左牧垂下眼眸，輕敲通訊器，「我有事要忙，晚點再聊。」

『事情？是什麼……』

沒等謝良安說完話，左牧就再次關閉通訊器。

洞窟的視線很昏暗，加上他的眼鏡報銷，以他的視力根本看不清楚，只能隱約看見幾個棕色毛團在移動。

剛才是因為距離夠近，他才有辦法看清楚豺的樣貌，距離拉遠就不行了。

「兔子，你的意思是說那些傢伙脖子上有項圈之類的東西？」

兔子點點頭，然後將雙手掌心合併後再分開，做出開門的意思。

「你是說，那些野生動物戴的項圈，能夠打開門？」

兔子又點點頭，而且笑得很開心。

不用言語交談還能這麼快速了解他想表達的意思，左牧果然是特別的。

在他對左牧的喜愛度又繼續往上提高的時候，左牧倒是懷疑地用食指輕敲臉頰思考這個可能性。

視線不佳果然對他來說是件麻煩事，所以就算早一點也好，他得盡快離開這座洞窟。

「難道說項圈上有晶片或鑰匙之類的？還是說有密碼鎖的線索……」

不顧還在自言自語的左牧，兔子把他小心地放在旁邊後起身，隨後跳上他們躲藏的岩石，瞇眼仔細觀察那幾隻豺的動靜跟位置。

數量太多的話會很麻煩，他可不想離開左牧身邊太長時間，所以他瞄準的，是牠們單獨行動或是稍微離群體遠一些的豺。

他很快就確定目標，反握手中的軍刀，連點細微的聲音都沒有，消失在岩石上面。

豺群將玩家們視為獵物，不停追捕並撕咬他們，在絕對強勢的情況下，牠們根本沒有想到自己會成為其他人眼中的獵物。

兔子速度很快地從側邊伸手，掐住一隻落單豺的脖子後，將牠壓倒在地，不給這隻豺痛苦哀號的機會，迅速將牠的頭割下來。

血濺灑在兔子身上，他面無表情地拔起頭顱後，取下沾滿鮮血的項圈。

濃郁的血腥味道很快就引起其他豺的注意，但是當牠們看見兔子手拎著血淋淋的項圈，立刻發出威嚇的低吼聲。

兔子黑著臉，雙目散發出銳利光芒，冷冰冰地掃視牠們。

豺群突然安靜下來，一隻隻尾巴下垂，往後退。

身為食物鏈中的狩獵方，牠們很清楚要如何才能活下去——那就是別跟比自己還要強大的對手戰鬥。

於是豺群將兔子撇除在攻擊目標之外，轉頭繼續去獵殺其他玩家。

洞窟內，人類的慘叫聲沒有停止過，但這都跟兔子沒有關係。

他回到岩石後方，蹲在左牧面前，把沾血的項圈交給他。

左牧盯著項圈，發現項圈內側有稍微被磨損的布料，上面用黑色油漆筆寫著簡單的數字跟英文。

「兔子，你是怎麼發現這裡面有密碼的？」

兔子眨眨眼，只是輕鬆地聳肩。

他當然不會老實跟左牧說，是因為他以前曾見過「相似」的遊戲規則。

在「困獸」的訓練場，馴獸師常常要求他們穿著三十分鐘內引爆的炸彈背心，去追捕身上有著能夠打開背心密碼鎖鑰匙的危險肉食性動物，所以這對他來說，根本不算什麼。

兔子並非一開始就聯想到這件事，只是在看到豺脖子上的項圈後產生懷疑，所以才打算試試看，反正對他來說沒有損失。

幸好結果和他想的一樣，這樣他就能得到左牧更多的關注與喜愛。

兔子笑得很開心，沒怎麼注意他笑容裡隱藏含意的左牧，想牢牢記下項圈上的密碼，卻發現自己的注意力有些渙散。

他很快就注意到，是因為失血過多的關係。

手臂的撕裂傷雖然已經被邱珩少簡單治療過，但那只是臨時包紮，他需要抗生素和睡眠來補足流失的血。

問題在於，眼前的狀況並不會在短時間內結束，所以他說什麼也得咬牙撐住。

「帶我去門那邊。」

他探頭向躲藏在另外一側的邱珩少打暗號。

邱珩少早就從兔子的行動猜出他們在幹嘛，於是點點頭，在不引起豺群的注意下與左牧會合。

「項圈上有線索？」

「密碼。」

左牧簡單講出這兩個字之後，邱珩少就明白的點頭。

「沒想到會藏在那種地方，一般來說不會發現的吧。」

「是兔子發現的。」

「……哦？真沒想到他還擅長這種解謎遊戲。」

「別把別人家的寵物當傻子行不行？他可沒有你想得那樣愚蠢。」

「呵，說得也是。」邱珩少笑彎雙眸，若有所指地說：「心機夠重，才能賴在你這種老好人身邊。」

左牧還是沒辦法喜歡邱珩少的態度，乾脆無視到底。

不知道是不是因為兔子殺了牠們的同伴，左牧發現豺群開始刻意避開他們，保持著距離暗中留意，就像是擔心兔子又會出手攻擊。

這些豺很聰明，甚至讓人覺得牠們的智商比普通野生動物要來得高。

相較之下，兔子對牠們並沒有任何興趣，但也不像剛才那樣刻意迴避，就像是十分篤定牠們不會攻擊似的。

看來兔子剛才出手，不單單只是想要奪取密碼那麼簡單，而是想要讓那群豺徹底明白，誰才是食物鏈頂端的存在。

「兔子，你剛才是不是刻意挑那隻豺攻擊？」

兔子閃閃發亮的眼眸，轉過來與左牧四目相交。

即便沒有親耳聽見他的回答，但從那雙美麗卻空洞的眼底，已經得到了答案。

「喂，別在那深情對望了，還不快過來。」

邱珩少實在很不喜歡看到他們活在自己世界裡的樣子，他的自尊心不允許左牧把他當成背景無視。

左牧輕咳兩聲，大步走到邱珩少身旁。

邱珩少指著岩壁上的門問：「就挑這個可以嗎？」

「可以，反正沒差。」

他們嘗試使用項圈上的密碼解鎖，沒想到還真的順利把門打開。

門裡面是個正方形的小空間，大小就跟車站的置物櫃差不多，裡面只放著兩樣東西。

一個是像被人強行徒手掰斷的半邊徽章，另一個則是掛著橘色橢圓牌子的鑰匙。牌子上寫著像是車牌號碼的數字加英文，感覺像是某種交通工具的鑰匙。

「嗯？手環顏色……」

左牧在把東西拿出來之後，才發現原本亮著紅光的手環，不知道為什麼變成黃色，而且只有他跟兔子的手環變色，邱珩少他們的沒有變化。

他摸著下巴思考一會，轉頭對邱珩少說：「我們去開第二扇門，這次你來開。」

邱珩少原先還不太明白為什麼左牧要這麼做，不過他觀察到左牧的手環變化後，才搞懂他的意圖，笑著回答：「知道了。」

他們找了另外一扇門，這回由邱珩少打開。

裡面的東西完全相同，而且在取出物品後，邱珩少他們的手環顏色也產生變化。

左牧眨眨眼，獨自轉頭走到第三扇門面前，按下同樣的密碼。

然而這回，沒有動靜。

「看來這是『標記』。」左牧握緊拳頭，將手肘垂直舉起，「手環上的系統估計跟這個電子板是相通的，它設定了各隊玩家只能開啟一次。

「呵，如果是這樣的話，那黃耀雪跟羅本那邊可就頭疼了。」

「剛才我跟謝良安取得聯繫的時候，他說過這個洞窟裡有三四個分散點，所以我想應該也有設置其他拿道具的方式。」

這種猜測畢竟也只是他的一個想法，目前能想到的，只有兩種可能性。若不是設置不同的方式來拿道具跟徽章，那麼就是透過手環定位玩家位置，並在輸入密碼的時候感應固定範圍內的同隊玩家。

主辦單位雖然都是些沒心沒肺的傢伙，但至少在遊戲上不會做出不合理或故意為難玩家的設定，因為那會降低會員們的樂趣。

「總而言之，不管怎麼說，這把鑰匙應該就是能讓我們離開的關鍵。」

「話是這樣說沒錯，只不過問題在於我們接下來該往哪走。」邱珩少環視周圍，雖然不會被豺群攻擊，反而能夠讓他們自由行動，可是手邊沒有其他線索，根本就不知道下一步該怎麼做。

左牧倒不這麼認為。

他輕輕用指尖敲打耳骨上的通訊器，勾起嘴角。

「該輪到你上場了，謝良安。」

『需要我幫什麼忙？』

「我們要離開這裡，你的話應該知道出口在哪吧？」

『知道，交給我。』

謝良安迅速替左牧他們計算出最快離開洞窟的路線，四人在他的輔助下，終於走出去，重新沐浴在太陽光下。

眼睛雖然稍微有點不習慣太過耀眼的陽光，但很快就能恢復視線，至少比起待在烏漆墨黑的洞窟裡，更容易看清楚。

出來的路上他們還有遇到幾個玩家，不過大部分都忙著逃命，於是他們就在毫無阻礙的情況下，順利走出來。

洞窟外是沒有長任何綠草的泥土地，不遠處有個用木頭架起來的小橋，橋邊綁著好幾台破破爛爛、像是很久沒有使用的水上摩托車。

讓左牧感到無奈的，並不是那些看起來破爛到隨時可以報廢的交通工具，而是眼前那條流速明顯快到不對勁的河流。

明明是平坦的路段，但水流動的速度卻快到像是前面又有瀑布之類的東西。

「這條河也是遊樂設施的水道？」

邱珩少半信半疑地猜測，而左牧此時也只能感同身受地認同他的觀點。

「看來沒錯。」

「沒想到這座島竟然是被他們改造過的人工島。」

因為披著大自然的外皮，加上旁邊又有座山陪伴，所以沒有人意識到這座島是全人工製造而非原本就存在的自然島嶼。

在經歷過前面那段急流泛舟過程後，邱珩少十分確定這點。

「他們還真愛使用認知錯覺來搞玩家。」邱珩少笑著說，但他的笑容看起來卻是非常不滿，「剛才拿到的鑰匙，應該是用來啟動那些水上摩托車。」

四人走近一看，果然發現每台水上摩托車都寫有號碼跟英文，正好就跟他們手上鑰匙掛著的牌子匹配。

現在想想，既然他們安排了水上摩托車跟鑰匙的配對，該不會就是在暗示他們徽章也得跟另外一半配對才行？

可以確定的是，他們各自拿到的半邊徽章，絕對不是他們正在找的島主徽章，簡單來說就只是個道具。

如果說這邊的島嶼能夠拿到半個，那麼剩下來的另一半，肯定在隔壁島。

「走吧。」邱珩少和他的同伴已經先騎上另外一台水上摩托車，催促左牧跟兔子，「別浪費時間，我可不想再繼續待在這種地方。」

左牧雖然有點擔心黃耀雪和羅本，但照那兩個人的實力，估計不會有問題。

於是他抬起頭，將鑰匙扔給兔子。

「謝良安，你能看到這條河通往哪裡嗎？」

『隔壁島，依照現在的水流速度，大概三分鐘以內就會到。』

「怎麼感覺有點久？」

『因為這條河九彎十八拐，跟滑水道沒什麼兩樣，所以花費的時間比較長，你要小心點。』

「兔子會負責駕駛，我想應該不用太過擔心。」

在確認河流的終點位置後，左牧跨上兔子駕駛的水上摩托車。

兩台引擎幾乎同時啟動，並解開繫住它的鐵鍊，踏進令人不安的水域。

／

與墜落瀑布前的那條水道相比，這條河人工製造的感覺很重，但如果是比安全性的話，無疑是這條河道獲勝。

河流不自然地盤旋在山區，故意拉長距離而設置許多蜿蜒的區段，高速通過連續彎道需要一定的技巧和操作，但他們無法控制水流速度，就只能想辦法靠蠻力跟反應速度，操作水上摩托車來通過連續彎道。

左牧當然不可能有這種技術，甚至他覺得自己大概過第二個彎道時就會飛出去，可是負責駕駛水上摩托車的兔子卻出乎他意料之外，利用熟練的技巧載著他快速通過這段最困難的區段。

好不容易通過連續彎道後，水流速度才稍微降慢一些，然而左牧已經被這神乎其技的攻略速度搞得暈頭轉向，臉色鐵青，嚴重暈船。

感覺到環在自己腰部的手鬆開，兔子急忙用力壓緊剎車，擔心地轉頭觀察左牧的狀況。當他看到左牧一副快要吐出來的樣子後，慌張到不行。

「我、我沒事……嘔嘔嘔嘔……」

才剛說沒事後不到三秒，左牧就吐出必須打馬賽克的物體，直接灌溉河流。

看到他嘔吐，兔子更加手足無措。

「哈啊，不用管我。」左牧用袖口擦嘴，「繼續往前走。」

在兔子放慢速度的時候，邱珩少乘坐的水上摩托車快速從他們身旁通過，濺起的河水直接灌在兔子和左牧身上。

兩人同時頓了幾秒，接著用凶神惡煞的眼神狠狠瞪向前方的車尾燈。

「……兔子，幹掉他們。」

兔子鬆開剎車，用比之前還要快的速度衝向邱珩少他們，故意傾斜車身，噴灑般地讓浪花撲向邱珩少和他的同伴。

邱珩少不爽地爆出青筋，「媽的，沒禮貌的混帳。」

「是誰先開始的？啊？說說看？」

左牧也跟著不爽，眼角抽動，完全不給邱珩少好臉色看。

當然，邱珩少打死也不會承認自己是故意的。

他冷冰冰地瞪著左牧，「是你們自己擋在河道中央的，我只是『路過』，你們剛才那樣完全是惡意吧？」

「這條河是你家開的？左右兩側又沒有阻礙，幹嘛非得走中間？」

「哈！強詞奪理。」

「你才霸道無禮。」

兩人絲毫不肯退讓，不高興地狠狠瞪著彼此，完全忘記他們都是坐在後座、被人載著的那一方，根本不是負責駕駛的人。

比起態度蠻橫的邱珩少，他的同伴倒是一臉為難，不知道該怎麼辦才好。

然而瓦解尷尬氣氛的，並不是他們四人中的一人，而是突然從旁邊的樹林裡射出來的弩箭。

兔子和邱珩少的同伴先一步注意到攻擊，各自駕著水上摩托車往左右兩側撤離，然而弩箭並沒有停止攻擊，從水道兩側接二連三射出來。

弩箭並沒有對準目標攻擊，比較像是有人先把武器固定好位置後，在距離比較遠的地方操控、選擇攻擊時機。

多虧這點，對兔子和沉默寡言的男人來說，並不是很難閃避。

負責駕駛的兩人很快地交換視線，暗中溝通好之後，油門催到底，加快速度通過這條河道，直到不再有弩箭攻擊為止才停下來。

但，這並不是結束。

河流速度很不自然地加快，他們的前方有著幾個露出半顆頭的黑色物體，就跟那些弩箭一樣，是被刻意設置在那的，從水流速度無法將它們沖走的情況來看，大概是用鐵鍊或沉重的物體將它們繫住，不讓水流沖走。

左牧跟邱珩少並沒有立刻認出那個物體的真面目，在他們發現有那種東西之前，駕駛的兩人就已經開始艱難地閃避它們。

「抓緊了！」邱珩少的同伴咬緊牙根對他說：「那是水雷！碰到的話不是開玩笑的，會被炸成碎片！」

混亂中要閃避水雷十分困難，更別說是在寬度有限的河道裡實行。

萬幸的是，水雷數量不多，而且分散的距離比較遠，所以並不是說沒有辦法成功迴避，不引發爆炸。

兔子知道如果一起走的話，反而會成為彼此的絆腳石，所以他刻意利用甩尾、掃出浪花的方式來降低速度，讓邱珩少他們先走。

殿後的兔子在確認兩台水上摩托車的距離後，開始自己的計畫。

他先利用水上摩托車的尾端掃出的浪花來移動水雷的位置，製造出足夠的寬度後從它們露出的空檔穿過去。

透過水雷之間相隔的距離，兔子掌握了這些水雷的可移動範圍，以及這條河道的深度。

為了不讓水雷互相撞擊後自爆，除了間隔安全距離之外，再來就是要看河道的深度來確認水雷受到水流影響而移動的範圍。

以目前這些水雷設置的位置來看，河道有一定深度，所以水雷之間的間隔才會這麼寬。主辦單位不可能好心到保留這麼大的空間讓玩家通過，而且在這種地方設置水雷，也不太像他們的作風，所以兔子猜測，這些陷阱應該是他們後來才臨時安裝上去的。

目的，就是為了阻撓他們。

只不過，只顧著應付這些水雷的兔子忘了一件事。

那就是不久前才剛因為暈船而吐得稀里嘩啦的左牧，就坐在他甩尾掃除水雷的後座。

之前的崎嶇彎道，已經夠讓他難受，現在兔子又無預警地這樣搞他，可想而知，結果就是左牧爽快地吐了第二次。

「嘔嘔嘔嘔……」

左牧再也受不了的翻騰的胃酸，在穿過水雷區，順利上岸後，就直接衝到附近的大樹前，對著樹根瘋狂嘔吐。

沒吃東西加上又嚴重暈船，他的頭痛到快要炸裂，臉色也蒼白到像個幽靈。

「啊……肚子好餓。」

胃裡空空如也的左牧，忍不住脫口而出。

聽到他這句話，兔子立刻起身，拿出軍刀打算進森林裡打獵。

當然，左牧迅速就扯住他的衣服，把這個直率到沒有思考能力的兔子攔下來。

「你別聽到我說肚子餓就傻傻跑去獵野獸好嗎？現在不是搞這種事的時候。」

他頂多等結束後再讓羅本做山珍海味給他吃，砍生肉直接烤什麼的，他沒辦法接受，萬一吃壞肚子還得了。

邱珩少對左牧的身體狀況沒有任何興趣，他跟同伴正在旁邊的獵人小屋調查，看看有沒有什麼能用的東西，或是能找到另外一半徽章的線索。

河道的終點是位於隔壁山區的湖泊，而他們現在就在這裡稍作休息，多虧有優秀的兔子在，左牧才能從水雷區順利活下來。

身體雖然不舒服，但左牧還是勉強地提起精神，觀察周圍並確認他們的位置。

由於樹林外可以清楚看到大海，透過海平面的高度，他確定湖泊的位置和大海平行，於是便猜測性地走向湖邊，用手指沾了點湖水放入嘴裡嚐試。

「果然是海水。」

也就是說，這座湖泊並不是封閉式，而是直接跟大海相連。

由於旁邊就是山壁，湖岸邊也沒有其他能走的路，如果他們要離開這裡，可以考慮從湖底游出去，但他們並不熟悉湖面下的海域狀況，萬一有暗潮之類的，就難辦了。

最安全的方法，是攀岩山壁，可是這種事需要道具，手邊缺乏物資的他們根本不可能做得到。

「喂，過來這裡。」

從獵人小屋裡走出來的邱珩少，手裡提著一個白色塑膠箱。

左牧以為他找到什麼，便走過去，沒想到才剛靠近就被邱珩少直接抓起手腕拉過去，嚇得他瞪大雙眼，差點沒罵髒話。

他發現邱珩少冷著臉凝視自己的手臂，才發現綁在傷口上的繃帶不但被水淋溼，還滲出血水，這才明白邱珩少想做什麼。

話說回來，他突然被抓住，但兔子卻沒有攻擊邱珩少，就表示兔子早就知道邱珩少是想要替他處理傷口才沒有行動？這樣看來，純粹是他自己沒有眼力。

自我反省的左牧，眼神往兔子的方向瞟過去，發現他面色凝重，看上去很想殺人的樣子，但是卻咬牙忍下來。

啊——看來並不完全是他猜想的那樣。

是因為邱珩少能治療他，兔子才決定不攻擊的吧，而且他似乎也快要忍不住了，雙眼看起來快要噴出火一樣。

左牧立刻將邱珩少的手甩開後，捏捏手腕說：「你好歹說清楚要幹嘛，別突然就動手動腳的。」

「……哈。」邱珩少撇頭看了兔子一眼，不快咂嘴，「真是有夠麻煩。」

邱珩少雖然忍不住碎嘴抱怨，但還是乾淨俐落地開始處理左牧手臂上的傷口。

在他熟練的治療和包紮下，左牧的傷勢重新被處理得更加完美，這讓左牧有種奇怪的感覺，因為治療他人這種行為，和邱珩少實在太不搭了。

多虧邱珩少敷的藥膏，傷口復原速度比他想得快，也已經順利止血，雖然還有點麻麻的，但已經比在洞窟裡時好很多。

「那裡有條棄置的階梯。」邱珩少帶來的男人，在搜索完山壁附近後走過來，把自己的發現告訴兩人，「雖然有點陡峭，木板看起來也不太穩定的樣子，但至少還算可以接受。」

「……那我們就爬樓梯上去。」

沒多少選擇的他們，也只能執行危險性較低的方式。

幸好木板踩起來比看起來堅固很多，雖然很費力，但他們還是順利爬上去了。

往前走沒多遠距離，熟悉的一般道路便出現在眼前，除此之外，路邊還有座只能容納一個人的小型電話亭。

嗶。

嗶嗶嗶——

手環無預警地發出聲響，差點沒把左牧嚇死。

四個人的手環都有發出聲音，反而顯得有些嘈雜。

左牧盯著手環看，這才發現它的燈光又變回紅色，同時，熟悉的人工AI的聲音再次出現。

『恭喜您進入第二階段，請將取得的徽章投於電話亭，領取島主徽章所在地提示。』

左牧和邱珩少交換眼神後，照人工AI的指示去做。

電話亭內放置的並不是公共電話，而是一個張嘴大笑的小丑頭，這顆頭看起來也不是什麼特殊的裝置，甚至有點破損、龜裂，看上去很久沒有人保養。

左牧將半邊徽章投入小丑的鼻孔，突然間，小丑傳出「哇哈哈哈」的狡詐笑聲，刺耳又響亮，令人頭痛不已。幾秒後它張開嘴巴，吐出一張邊緣破破爛爛的小紙條。

紙條上面寫著幾串數字，左牧很快就意識到這是座標。走出電話亭之後，左牧立刻把這串數字告訴謝良安，先讓他定位，確認位置。

「沒想到竟然直接給座標。」邱珩少看著紙條上的數字，思考一會，「怪不得警衛室裡有一堆寫滿座標的地圖，原來是道具。」

「如果沒有謝良安幫忙的話，肯定要浪費不少時間。」左牧將紙條放進口袋，「不管怎麼說，至少不用盲目去找。」

「他們那麼果斷地給座標，你不覺得可疑嗎？」

「當然會懷疑，不過我現在也沒時間考慮這麼多。」左牧壓低雙眸，語氣嚴肅地說：「走了，繼續攻略。」

邱珩少有些意外，左牧看上去好像完全忘記黃耀雪和羅本的樣子。

黃耀雪就算了，羅本的話應該不至於這麼不關心才對。

他瞇起眼盯著走在前面的左牧，輕輕地勾起嘴角。

無所謂，反正他比較喜歡現在的左牧。

他很期待，接下來又會出現什麼有趣的事情。

／

羅本覺得自己肯定是倒了八輩子楣。

摔下瀑布後被水流捲到陰森的洞窟，接著就看到一大群動物把玩家撕成碎片的畫面，沉重的溼氣和鮮血的腥味交雜，讓人反胃想吐就算了，更棘手的是槍枝因為泡水的關係，不是變成廢鐵，就是沉入水底消失不見。

現在的他，可以說是兩手空空，除隨身小刀和小型手電筒之外什麼都沒有。

「媽的，真的是……」

正當羅本避開野生動物群，藉由牠們留下的腳印來判斷洞窟出口的位置時，很不湊巧地遇見被四五隻齜牙咧嘴的動物追著跑的黃耀雪，以及他那看上去十分狼狽的同伴。

實在很不想幫忙的羅本，頭痛萬分，最後還是想辦法出手幫了黃耀雪一把。

「羅本啊啊啊！」

「閉嘴，別讓我後悔救你。」

黃耀雪和他的同伴撲過來貼在羅本身上，如同見到福星般開心得不得了。

經過這次的事，羅本在這兩個人心中的地位瞬間拉高，雖然還不至於超越左牧，但也離他不遠。

羅本可是一點都高興不起來。

帶著黃耀雪和他同伴的羅本，就這樣輕而易舉地利用野生動物留下的腳印，順利找到洞窟出口。

只不過，羅本找到的出口非常狹窄。

與其說是出口，倒不如說是岩壁裂開的縫隙還差不多，雖然成年男性必須側身慢慢移動，才能勉強通過，但只要能出去，這點問題根本不算什麼。

在好不容易把卡住的黃耀雪拉出來之後，三人順利縫隙鑽出去，終於看到外面的陽光，大口呼吸充滿芬多精的空氣。

「左牧先生不知道有沒有受傷。」

剛才的水流真的很危險，他們幾個水性還算不錯，所以身體只有一點小擦傷，但是像左牧那樣的普通人，肯定沒辦法承受。

就算有兔子在，仍避免不了受傷。

「用不著擔心他，我們現在管好自己就好。」

羅本覺得他們三個人似乎有點偏離主辦單位設計的道路，這樣正好，照現在的情況來行動，比較適合他。

至於另外兩個人，就隨便吧。

「欸，那邊好像有個鐵皮屋。」黃耀雪瞇起眼，視力極好的他很快就從樹林間發現藏在裡面的屋簷，「過去看看吧！不然我們現在什麼東西也沒有，萬一遇到什麼事情就麻煩了。」

「順便找個制高點。」羅本單手扠腰，抬起頭往上看，「我需要確定附近的地形，看能不能找到左牧。」

於是三人決定好行動方針，先前往鐵皮屋。

他們運氣算是不錯，鐵皮屋裡有少量的裝備跟槍械，在簡單搜刮完畢後，羅本選擇能夠看見這座洞窟周圍景色的位置，拿出剛才取得的狙擊鏡蹲點觀察。

「果然沒錯。」

羅本發現這個洞窟有其他出入口，幾名比較幸運的玩家好不容易逃出來之後，就搭乘安排在出口不遠處的水上摩托車離開。

河流通往隔壁島，也就是他們搭乘列車的起始站。

問題是，那條河流很不自然，感覺像是人造的，而非大自然形成。

回想急流泛舟那條水道，羅本十分確信這條河是主辦單位設計出來的。

「啊，找到了。」

當羅本打算放下狙擊鏡的時候，意外發現左牧和兔子從洞窟裡走出來，在岸邊閒聊幾句之後就騎著水上摩托車離開。

他原本並不期望會發現左牧，所以這個意外收穫讓他滿開心的。

「其他人沒事，他們往隔壁島的方向過去了，所以我們也要往那邊移動。」

「欸！什麼？你看到左牧了？」

正在旁邊整理槍械的黃耀雪，一聽見羅本說的話，驚訝地瞪大眼睛。

羅本瞇起眼，不打算重複第二次，背起狙擊槍起身。

「他們有交通工具，但我們沒有，所以得想點辦法才行。」

依照左牧等人的速度，他們肯定得花上更多時間才能到達隔壁島，雖然也可以使用其他洞窟出口的水上摩托車，但似乎還需要鑰匙的樣子，這樣的話就得回洞窟去找鑰匙。

——他才不要。

找鑰匙得花的時間恐怕跟他們靠自己到隔壁島的時間差不多，既然如此他寧可靠自己的雙腿步行過去。

「你們兩個應該對登山行程沒什麼意見吧？」

聽到羅本的提問後，黃耀雪和他的同伴很明顯地露出不願意的表情，但羅本可沒打算把他們的意見當回事。

「既然如此，你們就靠自己。我先走一步。」

「欸！等等等、等一下啦！我又沒說不要……」

黃耀雪匆匆收拾裝備，手忙腳亂地跟上羅本，兩個人都很怕被羅本拋棄，只想緊緊黏著他。

羅本頭也不回地爬上山坡，打算走他剛才看到的橋。

那座橋是兩座島之間唯一的道路，雖然也可以考慮走列車軌道，但軌道兩側都沒有任何行走的空間，只能冒風險懸空走過去，風險有點高。

所以，最好的選擇就是那座橋。

遠歸遠，但至少安全點。

就在他還在思考最佳路徑的時候，樹林裡突然傳出踢躂聲響，而且那個聲音正在用超級快的速度朝他們逼近。

三人還沒反應過來，一匹紅棕色的野馬突然衝出樹叢，嚇得他們臉色鐵青、迅速舉槍瞄準高高提起前蹄的牠。

扣下扳機前，從那張發出嘶嘶聲的嘴裡，傳出熟悉的聲音。

『找到你了！』

羅本眨眨眼，當場傻住。

他張嘴看向這匹馬，半信半疑地喊出對方的名字。

「……搞什麼鬼？謝良安？」

這到底是怎麼回事？

「你是……謝良安沒錯吧？」

羅本再一次小心翼翼地確認，雖然對一匹馬說話有點好笑，但現在他也顧不得畫面看起來有多詭異，想要立刻確認答案。

黑得發亮的大眼睛直勾勾看著他，瞳孔裡的攝影機鏡頭正在縮放，將眼前的影像傳送到謝良安的面前。雖然只能透過回傳的影像確認，但羅本他們看起來並沒有受很嚴重的傷，比左牧要來得幸運很多。

發現羅本的時候，謝良安不知道有多開心，他放下心中的大石頭，將隱藏在內心的擔憂轉化為嘆息。

『哈啊，還好你沒事。』

謝良安說的話聽起來只在乎羅本的生死，這讓黃耀雪很不滿意，但以他的立場又不能抱怨什麼，於是獨自在一旁生悶氣。

馬甩甩頭，繼續和羅本交談。

『這是生物型機器人，兩座島上都有不少這種機器人，其中也有Xenobots，所以你要小心點。』

「這匹馬不是嗎？」

『不是，Xenobots需要花費大量時間才能駭入，我沒那麼多時間。除了這匹馬之外我還有駭入其他生物型機器人，不過數量並沒有很多，要是被主辦單位察覺異狀的話，我怕你們的處境反而會變得更危險。』

「你果然很厲害。」羅本伸手撫摸這匹馬，「正好，我需要交通工具。這匹馬能騎吧？」

『咦？交、交通工具……你是打算騎馬嗎？』

「你只要把它設定成乖乖聽我的話就好，既然你能找到我，就知道我現在的位置和情況，所以你才會特地把這匹馬帶過來給我吧。」

『……哈，真瞞不過你。』謝良安苦笑地搖頭嘆氣，『我好不容易才找到你，好歹誇我一下。』

羅本一臉茫然地反問：「我剛不是說你很厲害了嗎？」

『那只是感嘆，根本就聽不出有誇獎的意思。』

不怎麼習慣誇獎別人的羅本，搔搔頭之後，努力擠出自己能想到的詞。

「呃，做得好。回去煮你喜歡的給你吃？」

雖然聽起來有點勉強，但能吃到羅本親手製作的特製料理，也能讓人滿足。

謝良安嘿嘿笑道：『你們還需要馬對吧？我去調來。』

他的口氣就像是只要連絡司機就能立刻叫車過來的總機，形象過於崩壞，反而讓羅本覺得有點不太舒服。

不過，謝良安確實辦事很有效率，在他說完這句話後不到兩分鐘，他就找來另外兩匹斑點馬。

羅本轉頭問道：「啊，忘記問你們會不會騎馬了。不過應該沒問題吧？反正不要摔下來就好。」

只會玩旋轉木馬的黃耀雪，跟只有坐過觀光馬車的同伴，同時露出驚愕的表情，冷汗開始像瀑布一樣冒出來。

羅本根本不管他們，俐落地跨上馬背，抓住鬃毛代替韁繩。

「別在那邊慢吞吞的，再這樣，我就扔下你們不管了。」

「等、等等！」

「等我們一下，馬、馬上就好！」

花費大量力氣，好不容易爬上馬背的兩人相當狼狽，和羅本形成強烈的對比。

羅本看他們笨手笨腳的模樣後，百般不願地對謝良安說：「……我看你還是替他們操控吧，總之只要跟著我就好。」

『我會用跟隨模式，讓你們保持一定的距離。但你如果騎得太快，他們自己沒抓穩摔下去的話，那我就沒辦法了。』

「呵，聽到了沒？」羅本勾起嘴角，心懷不軌地對臉色鐵青的兩人說：「咬緊牙根，想辦法努力黏在馬背上吧你們。」

「你、你這傢伙想幹嘛……啊啊啊！」

羅本抓緊鬃毛，用後腳跟狠踹馬的腹部，以飛快的速度衝進樹林裡。

可想而知，另外兩匹馬的速度不會慢到哪去，黃耀雪和他的同伴只能緊抱著馬的脖子，像是在搭乘雲霄飛車般，放聲慘叫。

／

沒有馬鞍，直接跨坐在馬背上在顛簸的樹林裡移動，對屁股和腰是相當大的負擔，但對曾上過戰場的職業軍人來說，根本不痛不癢。

與他相比，歷練經驗值沒那麼高的黃耀雪和他的同伴，已經呈現半死不活的狀態，狼狽不堪。

羅本本來就不打算長時間騎馬移動，因為這樣太過顯眼，對於想要隱匿行動的他來說，不是合適的選擇。他僅僅只是需要縮短和左牧他們的距離才這麼做，目的達成後，自然就不會把這幾匹馬留在身邊。

多虧謝良安派來的馬匹支援，他們三個人很快就到達隔壁島。

騎乘路途中，羅本將自己的想法和後續打算告訴謝良安，謝良安雖然覺得有些不安，但畢竟對方可是能力不弱的暗殺專家，比起跟左牧他們會合，單獨行動比較能夠將他的能力發揮到極限。

剩下來的問題，就是被羅本當成累贅的黃耀雪兩人。

「如果我猜得沒錯，這座山裡應該有不少攜帶武器的傭兵。」

『確、確實有。』透過生物型監視器，謝良安當然也注意到隱藏在山中的埋伏，不過他並沒有把這件事告訴左牧。

不是他刻意隱瞞，而是左牧根本沒給他多少時間說話。

「全部殺掉的話絕對會讓人起疑心，我會視情況清除左牧身旁的危險。」

『我很想告訴左牧先生你們平安無事的消息，但他又把通訊器關掉了。』

謝良安真的很難受，他熬夜做出通訊器，為的就是想要幫忙，可是左牧卻老是愛把它關掉，這樣戴著通訊器不就沒有意義了嗎？

「沒關係，只要我行動的話，估計左牧也會意識到是我做的。」羅本很清楚左牧的習慣，尤其是像這種小地方，他絕對不可能會漏掉。

『那……那兩個人怎麼辦？』

「左牧和黃耀雪還有邱珩少暫時聯手，所以就算麻煩我也得帶著他們。」

『那，你還有什麼需要我幫忙的嗎？』

「有。」羅本垂低眼眸，沉著臉回答：「在這之後都不要跟我接觸，有什麼事情要交代就讓小鳥型的機器人在我視線範圍內飛個三圈就好。」

羅本不能讓謝良安再像這次，突然把壯碩的馬帶到他面前來跟他接觸，這樣不但麻煩，也很容易曝露他的位置。

謝良安尷尬苦笑，『知道了，我會照你的話去做。』

「還有，你之前說這座島也有活體細胞機器人吧？如果都是像昨天晚上出現的那些傢伙一樣難纏的話，我需要有能夠快速收拾掉它們的方法。」

『嗯……』謝良安沉默一會兒之後，才回答：『基本來說，Xenobots 的細胞活性很強，所以就算受到槍傷或是近距離打擊，都不會立即死亡，甚至還能在短短幾分鐘內恢復。』

「呵，打不死的話就棘手了。」

『不，實際上還是能殺得了它們的，只不過必須攻擊正確的位置才行。』謝良安停頓幾秒後，壓低聲音，『……Xenobots 也是有弱點的，嚴格來說它和這些生物型機器人最大的差別，就是它能夠被控制，以及能夠讓細胞快速再生，並不會因為受到破壞而損傷。』

「也就是說，只要讓它沒辦法讓細胞再生就好？」

『那是其中一種方式，還有另外一種更快的，那就是直接破壞 Xenobots 和伺服器主機之間的連線，只要無法接收到指令，Xenobots 就會像當機一樣動彈不得。』

「這種方式對其他生物型機器人不管用嗎？」

『不管用，因為生物型機器人是被輸入固定指令後執行工作，不需要透過主伺服器重新連結取得指令；Xenobots不同，它是需要依靠指令行動的，所以必須和主伺服器連結。』

「哈……還真是複雜。」

『我直接說結論吧。』謝良安知道，不擅長這些東西的羅本，肯定沒辦法理解他的意思，便簡單總結給他聽：『你們想靠其他方式中斷Xenobots和主伺服器連線的話，只有一種辦法，就是開槍射殺那些動物的腦袋或頭部。』

「哦！總算說句我能聽得懂的話了，所以只要處理掉頭部就好？」

『不是把頭部切下來那種程度，而是要破壞腦袋。Xenobots的活體細胞都是寄宿在那些動物體的腦袋裡面，藉此控制它。』

羅本皺了皺眉頭，「怎麼聽起來好像跟我想得有點不太一樣？那東西不是機器人嗎？」

『Xenobots是有著肉體的機器人，它可以說是新型態的生物，但是他們研發出來的Xenobots並不是針對生物的整體，而是只針對部分器官進行研究，最後製作出來的，就是能夠依附生物大腦，將對方的身體占為己有的細胞體。』

「……所以，那東西不是動物？而是藏在那些傢伙腦袋裡的細胞？」

『可以這麼說。』

羅本忍不住嘆氣，「我永遠搞不懂那些科學家腦袋瓜裡到底在想些什麼鬼。」

『這項研究如果真的研發成功，既可以在戰爭中使用，也能夠拿來犯罪，甚至是暗殺之類的。可以造成的收益相當可觀。』

「結果到頭來還是商業行為啊。」

謝良安聽到羅本不耐煩的聲音，無奈地苦笑。

就算沒有看到羅本的臉，他也可以想像那個人現在的表情肯定很不爽。

聊著這些話的他們，不知不覺來到距離左牧他們不遠處的懸崖邊，由於左牧把目標座標告訴謝良安，就更好讓他安排羅本的位置。

『小心點，不要受傷。』

將三人放下後，棕色馬直勾勾的盯著羅本，語重心長地囑咐。

羅本勾起嘴角揮揮手，和走路搖搖晃晃、雙腿不由自主顫抖的兩人組一起離開。

／

左牧等人收到的紙條位置，是一處荒廢牧場。

這裡有著許多被圈起來的圍籬區，並放置乾草、飼料盆和人工水池等設備，看起來跟動物園有些類似，但問題是圍籬裡面沒有半隻動物。

越往裡面走，動物糞便的氣味以及排水溝的溼臭味道撲鼻而來，左牧很不舒服地皺緊眉頭，遮住口鼻。

雖然他很想懷疑謝良安是不是找錯位置，但是牧場中央放置的巨大小丑頭，就跟電話亭裡的一模一樣，所以他們應該沒有跑錯地方。

黏膩的泥土地面很不好行走，如果停下來太久，鞋子就像是會被地面吸進去一樣慢慢下陷，所以他們只能持續前進。

在小丑頭的右側，有條長方形石磚拼接而成的走道，走道寬度很窄，一次只能讓一個人通過，而在走道的盡頭，是間屋頂破裂、門窗被木板釘住，充滿鬼屋氣氛的餐廳。

餐廳沒有室內座椅，櫃台正對面的木板露台放置許多座位區，座位區看起來還比販售食物的櫃台來得乾淨，落差有點大，總讓人覺得不對勁。

『**咯咯咯……哈哈哈！哈哈哈！**』

安靜的空間，突然傳來小丑譏諷的笑聲。

尖銳的聲音如同在電話亭裡聽到的一模一樣，不同的是，這次更加響亮，音量彷彿放大了好幾倍，迴盪在整座牧場。

左牧和邱珩少提高警覺，留意周圍，兔子和另外那名鮮少開口的男人，倒是顯得沒那麼緊張。

「嘖，這聲音真令人反感。」邱珩少不快咂嘴，「明碩，這些東西應該只是單純在裝神弄鬼吧？」

男人抬起頭，瞇起眼回答：「是的，少爺。」

「主辦單位搞了個牧場鬼屋給我們玩？把我們找來這裡，應該不是單純想要嚇唬我們那麼簡單。」

左牧知道邱珩少是在故意說給自己聽，於是便聳肩，「可以確定的是，島主徽章就在這裡的某個地方，我們得找出來。我可不想再繼續待在這裡，忍受惡臭汙染我的鼻腔。」

他剛才清楚聽見邱珩少喊那個沉默寡言男人的名字，加上那個男人在來到這裡後，雖然面無表情，但視線卻變得如刀刃般銳利，他眼中的厲光，加速恢復左牧對這個男人的印象。

這傢伙，是跟他們一樣從那座島上逃出來的，邱珩少的「面具型」殺手之一，同時也是兔子去城堡救他的時候，追殺並逼迫他們墜落大海的那個人。

左牧完全沒想到兩人還在一起，難道這兩人本來就認識？還是說他跟兔子一樣，在逃離那座島之後就選擇跟隨自己的玩家。

他轉頭盯著兔子，原本開始發呆的兔子在發現左牧正在看自己後，立刻開心地轉頭過來，衝著他笑。

看他笑得心花朵朵開的樣子，左牧實在分辨不出來，這隻兔子到底有沒有想起明碩這個危險人物。

在左牧腦袋瓜裡充滿著各種厭惡的回憶時，邱珩少雙手環胸，大剌剌地坐在最乾淨的木製長椅上，傲慢地對左牧說：「既然你說徽章在這，那麼就趕快去找，早點找到我們就能早點離開這該死的地方。」

看著完全不打算幫忙的邱珩少，左牧也只能乖乖認命。

「話說回來，不知道其他的玩家情況怎麼樣了。也沒辦法確定有沒有ＶＩＰ玩家混進來……嘖，情報不足真的很讓人煩躁。」

左牧帶著兔子在牧場裡閒晃，與其說是在搜索這個區域，倒不如說是在藉由散步來增加專注度，仔細思考主辦單位的目的究竟是什麼。

事情發生得太多太突然，所以他差點忘記這座島「限時特惠」的目的。

就目前來看，除了剛開始增加人數之外，沒有起到什麼太大的作用，那麼就只剩一種可能性。

主辦單位是想利用人潮，方便讓那些ＶＩＰ玩家混入島內，ＶＩＰ玩家肯定不會參與遊戲，所以那些搭上列車前往隔壁島的，應該都是一般玩家。

也就是說，當時沒上車的人，十之八九是ＶＩＰ玩家。

左牧並沒有特別留意，因為他們是第一批搭上列車的人，雖然當時是不想要浪費時間，想盡快結束、拿到島主徽章後離開，所以才第一批上車，可是漏掉這點而倉促行動的決定，確實是他個人的疏失。

若他想得沒錯，估計這座島現在應該剩下來的都只有ＶＩＰ玩家，但問題就在於他不確定對方的人數，以及那些人留在這裡的真正目的。

如今看來，應該跟引導他們來到這裡有什麼關聯性。

「兔子，你有特別留意到那些沒上車的玩家嗎？」

兔子眨眨眼，輕輕點頭。

不愧是困獸最強的殺手，兔子的觀察力果然十分優越。

「有多少人？」

兔子歪頭回想後，比出四的手勢。

「四隊嗎，差不多。那些傢伙肯定有私下流通消息，所以不會全部都跑過來，對他們來說，就算他們實際參與遊戲，他們也仍然是『觀眾』而不是『玩家』。」

絕望樂園的遊戲規則並不適用於VIP玩家，他們就像是法治外的暴徒，背後有主辦單位罩著，根本就不用擔心。

從他們的角度來看，左牧等人就像是池塘裡的魚，僅僅只有欣賞價值。

這群VIP玩家各自有各自的目的，正是因為如此，才令左牧頭疼不已。

如果只有單一目的的話，那倒還好應付，問題就在於那些有錢的混帳，全都像瘋子捉摸不定，影響他判斷事情的準確度。

「該死的主辦單位，把人找過來這裡之後，好歹也該給個線索吧——」

經過位於牧場中央的小丑大頭旁的左牧，充滿怨念地低聲抱怨。

就像是聽見他的不滿，那顆巨大的小丑頭上的眼睛突然快速地眨了下，發出喀噠聲響，差點沒把左牧嚇死。

他扶著胸口，垮著嘴角抬起頭。

小丑並沒有發出令人頭痛的尖銳笑聲，單純只有眼皮很不自然地上下跳動，不久後，小丑哼哼哼地開始唱起歌來。

『小丑牧場，大自然最親密的家園。我們有沾滿鮮血的馬蹄、支解身體的利牙、由內而外溶化的美味飲品——來吧來吧，來和我們一同歡笑；來吧來吧，來和我們一同墜入深淵，因爲這裡就是你的終點站。』

跟在絕望樂園時聽見的詭譎歌曲差不多，讓人完全體會不到「快樂」的歌詞，以及那充滿雜訊與戲謔意味的歌聲，完完全全把這裡塑造成鬼屋的型態。

左牧並沒有把突然唱起歌的小丑頭當回事，但他卻突然頓住不動，雙眼直視前方，嘴角完全沒有任何笑容。

雖然沒有眼鏡輔助，會稍微影響視力，可是他仍能清楚看到面前有兩組人馬，像是早就故意埋伏在那裡似的，對他跟兔子露出不懷好意的笑容。

「……哈，果然是這樣。」

眼前這兩組人，很顯然就是ＶＩＰ玩家。也就是說，主辦單位透過小丑給他的座標位置，是這些ＶＩＰ玩家埋伏的地點。

「不愧是曾毀掉Ｅ３區的玩家，左牧先生，你真的很有一套，能從那種危險的水道和洞窟逃出來。」

對方拍手，像是在稱讚左牧，但是語氣裡卻沒有半點誠意可言。

左牧瞇起眼，從這個人的語氣中可以確定，他們剛才完急流泛舟時的經歷，果然都被主辦單位的攝影機全部捕捉起來，成為娛樂這些有錢人的節目影片。

他不由自主地勾起嘴角冷笑：「呵，少在那邊裝好人，有什麼目的就直說，別浪費我的時間。」

「說得也是，我也很討厭浪費時間。」戴著眼鏡的男人輕輕彈指，站在他身後的四名壯碩保鑣立刻走上前。

這四個人無論是身高體重還是穿著打扮，全都一模一樣，看起來就像是複製人似的，至於另外一個女人，只是雙手環胸、安靜觀察他們，沒有任何反應。

她的眼神就像是把人當成實驗體觀察，令人毛骨悚然。

「上。」

眼鏡男讓那四名保鑣直接出手攻擊左牧，想當然，兔子不可能允許這些混帳碰左牧一根手指。

他迅速抽出軍刀，反握在手裡，衝到左牧面前擋下四人中速度最快的一名保鑣。這名保鑣拿出手槍，用槍身擋住兔子的利刃攻擊，隨即另外三人從他們身旁繞過去，手裡已經舉起槍對準左牧。

碰碰碰！

三發槍響，子彈集中攻擊左牧。

被視為目標的左牧先是嚇一跳，但隨即他就被撤退回來的兔子抱住，避開子彈射過來的路線。

兩人雖然安然無恙，可是這些保鑣本來就沒打算靠一槍就解決掉左牧，早就已經想好下一步該如何進攻，並立即執行。

兔子因為要保護左牧的關係，沒辦法在面對持槍的對手時專心進行攻擊，從這些男人的開槍速度和反應來看，全都是經過訓練的殺手，雖然單獨對付他們對兔子來說綽綽有餘，可是現在他沒辦法使出全力。

「別讓我成為你的累贅，去收拾掉他們，不用管我。」

兔子盯著左牧看，幾秒後視線突然飄到附近的山林裡面，像是察覺到什麼似地將左牧放下來之後，獨自起身面對那些黑衣保鑣。

他將軍刀握正，盯著四名保鑣的眼神，明顯變得與剛才不同。

在這些人舉槍的同時，兔子以飛快的速度鑽進其中一個人的胸口，由下而上垂直揮刀，將對方的臉劈開。

牙齒與墨鏡的碎片飛彈，在空中滯留幾秒後不知道掉去哪，而同伴被殺死，其他三人不但無動於衷，甚至直接扣下扳機朝左牧射擊。

左牧側身躲到裝滿飼料的鐵桶後面，雖然這東西作為盾牌擋不了多少子彈，但是附近沒有其他更好的選擇。

如果有武器，他還能夠反擊，問題就在於現在的他沒有半個能用的東西。

就在左牧到處尋找能夠當作武器的時候，忽然一發子彈從遠處的山林裡射出，並準確無誤地貫穿攻擊左牧的其中一名保鑣。

剩餘的兩人意識到山林裡有狙擊手，正打算回頭尋找的時候，在短短間隔不到幾秒鐘的時間，另外一名保鑣的頭顱被狙擊子彈貫穿。

剩下的最後一個人，冷汗直冒，還來不及做出任何反應，就被兔子從後腦杓插入軍刀，奪走性命。

山林裡的狙擊手在保鑣全部死亡後，就不再攻擊，兔子也是乖乖回到左牧身邊，將他從地上扶起來。

可是，殺死這四個人並非結束，而是開始。

兔子入銳利的視線橫掃過去，注視著一個個從樹叢裡走出來的人群，這些人戴著黑色皮製手套，面無表情，光從氣勢來看，很顯然就跟剛才的保鑣是不同等級的強度。

左牧聽見兔子不快咂嘴的聲音，猛然抬起頭看著他。

他的眼神就像是看到極為令他厭惡的人，從兔子的反應，左牧可以確定這些人是「困獸」的殺手。

「左牧先生，你看起來已經知道他們是誰了。」眼鏡男輕推鏡框，十分傲慢地向他介紹：

「這些是我為了抓捕你而買來的野獸，雖然他們沒有號碼，但實力卻是足以與有號碼的野獸相比。」

聽到對方這麼說，左牧噗哧一聲笑出來。

他的笑聲充滿嘲笑意味，令眼鏡男不爽地握拳，咬牙切齒地問：「……你笑什麼？」

「啊，抱歉抱歉，只是覺得你說的話很蠢。」左牧笑彎著眼角，兩手一攤，「說什麼能夠跟有號碼的相比，就算是實力差不多，但打不贏就是打不贏，既然拿不到號碼，還好意思說什麼實力相當。」

「你！」

「小子，像你這種自滿狂妄又愛面子的混帳，我見過不少。想知道那些人最後的下場都是什麼樣嗎？」

「哈！繼續嘴硬吧你。該死的，我絕對要殺了你，把三十一號奪過來！」

左牧聽他這麼說之後，視線轉往旁邊的女人身上，但她至始至終都很安靜，看起來她的目標和眼鏡男不同。

「想殺我，來啊。」

左牧走上前，撿起沾滿保鑣鮮血的手槍，並搜刮他們身上的彈匣。

看他悠悠哉哉整理槍枝，完全不把自己放在眼裡，眼鏡男簡直氣得半死。

他不打算等左牧準備好，直接就向那些殺手下令：「給我殺死那個男人！」

眼鏡男從「困獸」買來的殺手，有五名，明明他們對自己的實力很有信心，也有能夠成為「號碼」的自信，然而現在他們卻不知道為什麼，無法往前一步。

不，其實他們知道理由。因為兔子在他們要前進之前所釋放出的殺意，讓他們一時閃神，在腦袋感到害怕的情感前，身體就已經先因為恐懼而無法動彈。

看著那散發出黑色氣息，作勢要把他們所有人切碎的兔子，讓他們瞬間明白自己無法成為「號碼」的原因。

別說相提並論，他們永遠無法成為那種怪物。

身為人的本能告訴他們，絕對不能出手，然而在「困獸」的教育下，他們很快就拋棄退縮的念頭，一齊發動攻勢。

即便面對的是最強又如何？身為野獸的他們，只要順從主人的命令就好。

什麼都不必思考，也不必做出決定，因為「命令」是絕對的——

碰地一聲，率先衝上前的殺手先是被兔子掐住脖子後，用力朝他的腹部側踢，把人當成足球直接踹飛，狠狠撞在後方的樹幹上。

即使嘴裡吐出大量鮮血，還是打算撐起身體繼續戰鬥，只可惜兔子並沒有給他機會。

他瞬間出現在這個男人面前，被陰影遮掩的臉龐格外恐怖，只露出那雙嗜血般閃亮的瞳孔，直接用手中的軍刀將對方的喉嚨劃破。

對方的頸部被砍斷一半，搖搖欲墜地以很不自然的姿勢，依靠在樹幹上。

其他殺手知道自己得趁現在攻擊，於是同時集中接近落單的左牧，然而從山林裡連續射出的子彈卻阻礙了他們的腳步。

狙擊子彈擊中在他們的腳邊，雖然殺手們早就有所察覺而閃避，卻嚴重影響到他們的行動和速度。而當他們閃避狙擊槍的攻擊時，持手槍的左牧已經將槍口對準他們，扣下扳機。

碰！

碰碰碰！

伴隨著連續槍響，子彈準確擊中為了閃躲狙擊手而停下腳步的殺手。開槍的時機抓得十分完美，壓在狙擊槍射擊後下一秒攻擊，反而讓人更難躲開。

被子彈擊中的殺手，痛苦地稍微彎曲身體。

左牧是故意瞄準他們的大腿，而不是其他更致命的位置，要不就是不想殺人，要不就是對自己的開槍準度沒有自信。

扣下扳機的左牧本人，面無表情地看著他們，手微微顫抖著。

幸好他受傷的是左手臂，而不是慣用的右手，單手扣扳機不是什麼大問題，但現在他因為失血過多加上疲勞的關係，必須咬牙硬撐才有辦法承受後座力。

僅僅只是開了三槍，他的手就已經麻到不行，所以他慢慢抬起左手，再次瞄準這些腿部流血的殺手。

區區一名沒有經過殺手訓練的普通人，就能夠開槍打傷他們——這個事實讓殺手們無法容忍，強烈的自尊心增加了對左牧的殺意。

他們握緊手槍重新進攻，這次選擇在最短閃避距離下躲避狙擊手的攻擊，無視流血的傷口，像個瘋子般逼近左牧。

左牧嚇了一跳，他知道接受「困獸」訓練的殺手全都是怪物，但沒想到他們竟然在被槍擊中後動作還能如此迅速俐落。

眼看對方已經舉起槍瞄準，左牧咬緊下唇，用雙手握緊槍托，重新穩住自己那雙顫抖不止的手腕。

碰碰！

碰碰碰！

槍聲四起，左牧在開槍後迅速躲避，靠遮蔽物來躲開子彈。

這些殺手已經開始習慣狙擊手的存在，躲避子彈對他們來說越來越輕鬆，然而他們卻忽略了一件事——在他們身後，有一個比他們更加擅長躲避攻擊進行殺戮的殺手存在。

兔子從後方撲過來，用刀刃割破目標的手腕和大腿內側，對方知道兔子是打算放血，才會專門攻擊大動脈的位置，即便知道，他們也沒有退縮的意思，找機會近距離朝兔子開槍。

鏘！

金屬碰撞的聲音，響亮清脆。

開槍的殺手眼睜睜看著自己射出去的子彈，被兔子手中的刀刃反彈回來，直接貫穿眉心。

而這，也是在他死亡前所看到的最後一幕。

兔子的殺戮速度越來越快，很快地，這些被眼鏡男特地派來的殺手就這樣全部死在他的刀刃下。

鮮血從兔子手中的軍刀刀刃上慢慢滑落，一滴一滴地落在屍體上面。

他的身上、雙手，全都是奪取他人性命的證據，明明以非人類的速度屠殺了這些比他弱小的殺手，但兔子卻沒有感到一絲喜悅，而是膽怯地望向左牧。

左牧知道他為什麼會露出這種表情，因為他曾對兔子下達過「不許殺人」的命令，所以那隻傻兔子才會用一副被遺棄般的表情盯著他看。

不過，現在不是安慰兔子的時候。

氣到發抖的眼鏡男，似乎用手機又重新叫了一批殺手過來，那些人現在正一組組從牧場的各個角落裡冒出來。

「該死，臭眼鏡到底帶了多少人？」

這樣打下去，根本就像無底洞一樣，要是再不想辦法結束的話——

左牧咬牙切齒地瞪著眼鏡男看，沒想到卻意外發現有張熟悉的臉出現在他身後，冷冰冰地從後方盯著氣到漲紅臉的眼鏡男。

明明距離近到已經快要貼到耳垂，但眼鏡男卻完全沒有發現，直到對方拿出注射筒，往他的頸部狠狠插下去，才驚訝地彈起來，摀住因注射而刺痛的位置，臉色鐵青地轉過身。

「呃！什、什麼？你是……」

注射不到幾秒鐘時間，眼鏡男突然雙腿癱軟，跪坐在地，慢慢的手也失去力氣，沉重地垂在身體兩側，接著胸口往下貼在地面，高高翹起屁股，不斷抽搐扭動著。

不止左牧看傻眼，就連那些後來被眼鏡男叫來的殺手們，也全都嚇到說不出話。在這些人驚訝地視線下，邱珩少蹲下來，拿走眼鏡男的眼鏡後，筆直地來到左牧面前，並替他戴上這副眼鏡。

「能看清楚嗎？」

左牧輕推眼鏡，意外的是，他跟那傢伙的度數差不多，戴起來竟然沒有很大的違和感。

「可以，但是……為什麼你要拿那傢伙的眼鏡給我？」

「我不習慣看你沒戴眼鏡，看起來呆呆的，不適合你。」

邱珩少沒把那些危險的殺手放在眼裡，更不在意地上的屍體與鮮血，他的想法很簡單，就只是想給左牧找一副新眼鏡而已。

怎麼樣也沒想到事情會變成這種結果，旁觀的女子終於忍不住大笑起來。

「哈哈哈！比想像中有趣很多欸。」

女子的笑聲，讓所有呆住的殺手回過神。

他們的雇主死亡，那麼也就沒有繼續待在這裡的必要，但那個女子卻突然彈指說道：「不用擔心，那傻子帶來的傢伙我會全部重新雇用。」

接著他轉過頭，與瞇起眼、沒有半點笑容與善意的邱珩少四目相交。

「真意外，沒想到竟然能在這裡見到你。好久不見了，小少爺。」

「……呵，真該死。」邱珩少冷哼，百般不耐地嘆氣，「妳來這裡做什麼？像妳這樣的大小姐，不該跑到這種地方來。」

「你是在擔心我嗎？」

「該死，別說那種會讓人起雞皮疙瘩的話。」

「哈哈！你的個性變得比以前更糟糕了。」

「輪不到妳來說。」

「哼嗯——」女子用食指輕敲臉頰，「最強的『困獸』和能夠製造出殺人毒的男人，還有……雖然不知道是誰，但狙擊功力還算不錯的幫手。照這情況來看，我們的處境反而很危險。」

她自言自語地說完後，攤手道：「我不會出手的，反正本來也是那個男人說什麼要殺死左牧先生給我看，我才跟過來的，沒想到這沒用的男人居然就這樣掛了，真是可笑。」

雖然女子說的話聽起來很誠懇，但邱珩少卻是一點都不信。

他轉過身，用自己的身體將左牧護在身後，明碩也不知道從哪冒出來，一聲不吭地站在邱珩少身邊。

幾乎只能透過兩人肩膀縫隙才能看到左牧的女子，勾起嘴角，笑得更開心了。

「你們，是要拿徽章的吧？就當作是見面禮，我告訴你們徽章的位置。」

女子不給他們回答的機會，擅自留下線索給他們後，帶著自己的人以及那一大票不知道從哪冒出來的殺手離開牧場。

直到確定危險解除，左牧才推開邱珩少和明碩，衝到兔子面前。

「兔子！」

他伸手想要抓住兔子握刀的手腕，但兔子發現後，卻立刻閃避。

兔子臉色鐵青地搖搖頭，往後退了兩步，像是刻意保持距離，但沒有要從左牧面前離開的樣子。

見到他們兩個人彆扭又讓人煩躁的模樣後，邱珩少很不爽地轉頭離開。

「少爺，不管他們沒關係嗎？」

「誰知道他們要浪費多少時間，那女人剛才不是告訴我們徽章的位置？我們先去拿到手再說。」

「……是。」

明碩有點擔心，不過既然是邱珩少說的話，就不會有問題。

沒想到剛離開沒多久，左牧就用震耳如雷的怒吼聲，朝著兔子大吼：「媽的！你最好別因為救我而殺人這件事感到不安！我雖然說過不准你殺人，但也說過要你看狀況的吧！都火燒眉毛了，我怎麼可能還那麼沒良心地要求你不要殺人！」

兔子呆呆地盯著左牧，不斷眨眼。

左牧抓準他愣神的時機，再次伸出手，用力抓住他。

當兔子反應過來的時候，已經來不及甩開他的手，更正確地來說——他不敢把左牧的手甩開，於是只能乖乖任由他拉著自己。

「我不是什麼聖人君子，臭兔子。我知道你是什麼樣的人，所以我不會因為你殺了人就拋棄你，也不會責怪你，所以給我把你那該死的表情收起來，別擺出一副快要哭出來的樣子。」

兔子很訝異，他看不見自己現在是什麼表情，所以根本不知道。

原來，在左牧的眼裡，他看起來快要哭了嗎？但是他一點都不感覺到悲傷或難過，反而是很痛苦、害怕。

難道說，即便不是傷心，人也會哭泣？

左牧鬆開抓住他的手，改而用雙手掌心狠狠拍打他的左右臉頰，像在夾東西一樣把他的嘴巴擠到凸出來。

「喂，聽到我說的話了沒?你這笨兔子。」

兔子眨眨眼，蠕動著的嘴唇像是要說什麼，但是因為被左牧夾著所以動彈不得，只好放下那把沾滿鮮血的短刀，用力將左牧抱進懷裡。

他不知道要怎麼表達自己的心情，只能用這種最簡單的方式來回答左牧。

左牧輕拍他微微顫抖的背，真心覺得這隻兔子就算再冷血可怕，也不過是個怕寂寞，不想被人拋棄的單純男人。

「……哈啊，不管怎麼說，算是躲過一場災難了。」

左牧仰望天空，鬆了口氣。

雖然不想稱讚邱珩少，但他出現的時間點真的很完美。

他盯著滿地屍體，有些無奈地苦笑。

就算他並不害怕這種畫面，可是待太久果然還是會讓人覺得不舒服。

「我們去拿徽章吧。」

靠著左牧肩膀的兔子，輕輕地點頭，乖乖地讓左牧拉著他遠離這些讓人不舒服的屍體。

確定左牧那邊的危機解除後，羅本放下狙擊槍，重新裝填子彈。

一旁的黃耀雪很緊張，因為原本羅本只是在用狙擊鏡留意周遭情況，沒想到突然之間就開槍射擊。他就算再遲鈍也能知道，是左牧有危險他才這麼做的。

「你該跟我解釋一下了吧！」

「左牧被VIP玩家襲擊，所以我出手幫忙了。」羅本起身，皺緊眉頭對他說：「雖然現在問題已經解決，但我們得移動位置。」

兔子確實很可怕，那傢伙似乎知道他躲在附近，所以才能夠輕鬆應付那些殺手的襲擊，話說回來，普通人根本不可能在這種距離下察覺到樹林裡有人吧？他當時可是連槍都沒開，兔子是怎麼發現他的？

羅本頭痛萬分地搔頭，看來他引以為傲的暗殺技術，在兔子的面前根本不值一提。那個男人，果然就是個怪物。

撇除令人毛骨悚然的兔子，羅本將視線往旁邊一瞥，回想起出現在左牧面前的那兩張臉。

戴著眼鏡並主動挑釁左牧的男人，是某個企業集團的三兒子，那個人本來品行就有問題，聽說連父親都放棄治療，是個死了也不會覺得可惜的砲灰。但，另外一個女人就不同了。

那個跟邱珩少說話，並且讓那惡魔般的男人瞬間變臉的女人，是軍火商的女兒，同時也是被視為接班人、手裡掌握著大權的危險人物。

雖說很危險，但她並不是恐怖分子，而是個商人，她向來不會自己動手，反過來透過給予情報的方式，藉由他人之手來除掉眼中釘。

是像個狐狸般的女人。

「黃耀雪，你的話應該聽過這個名字吧？」

「啊？你說什……」

「洪芊雪。」

果然如他所料，黃耀雪的臉立刻不爽地扭曲起來。

「嘖，別跟我說你看到那女人了。」

「剛才跟左牧接觸的其中一個ＶＩＰ玩家就是她，而且邱珩少似乎也認識，兩個人之間的氣氛不是很好。」羅本把狙擊槍背在身後，摸著下巴思考，「那女人似乎是有其他目的，看她的樣子不像要取左牧的命，和那個沒用的男人不同。」

「洪芊雪腦袋裡在想什麼，沒人知道。」黃耀雪冷哼道：「我家偶而會跟她合作，但基本上也是當個打手之類的，聽說那女人自己有訓練一批私人傭兵。」

「你知道她這次也有參加嗎？」

「嗯，有聽說，不過一直沒見到她。」黃耀雪攤手，「如果那女人出現在邱珩少面前的話，憑那傢伙的脾氣，肯定不會放過她。」

羅本很意外，因為邱珩少只是個普通人，他是怎麼跟軍火商的女兒認識的？

黃耀雪看出羅本在想什麼，便開口解釋：「之前把邱珩少抓到那座島上，讓他成為玩家的人，就是那女人，不僅如此，那女人還跟邱珩少的公司聯手奪走了他的研究，所以對邱珩少來說，那女人是他的復仇對象之一。」

「呵，這麼說起來他熱衷研究那些奇怪毒藥的理由……」

「就是為了把看不順眼的傢伙殺掉。」

「……哈！果然是個瘋子。」

「這點我認同。」黃耀雪點點頭，抬起眼盯著羅本，「話說回來，你怎麼知道我的身分？你擅自去調查我？」

從羅本的口氣，黃耀雪意識到他似乎「認識」自己，明明之前在島上的時候，羅本並不像認識他的樣子，所以才合理判斷，羅本是在事後去對他進行調查。

羅本本來就不打算隱瞞，指著旁邊的路說：「邊走邊聊，我們現在要先換地方。左牧他們現在應該是要去拿徽章，一旦他們順利拿到手，我們就得回船上去，盡快離開這鬼地方。」

黃耀雪點點頭，和自己帶來的同伴一起跟在羅本身後。

「話先說在前面，我沒有刻意去調查你的身分，是陳熙全跟我說的。」

「啊——如果是那大叔的話，就表示他有什麼想法吧。」

「你也知道，左牧現在的處境很微妙，而且他身旁基本上沒什麼『正常人』，所以陳熙全希望我能夠留在他身邊，小心地照顧他。」

「簡單來說，就是讓你當保母的意思？」

「……我不是很喜歡這個形容詞，但，勉強來說就是這樣沒錯。」

「好吧，那這跟大叔告訴你我是誰有什麼關係？」

「你不是很喜歡左牧嗎？我當然需要先了解你這個人對他來說有沒有存在威脅，不只是你，幾個跟左牧接觸過的人，我都跟陳熙全拿了情報。」

羅本停下腳步，轉過頭，將食指輕輕貼在嘴唇上，「不過你可別跟左牧多嘴，我跟左牧說我沒地方去，他才收留我的，要是他知道我幫陳熙全照顧他，他肯定會很不爽。」

「哼——雖然不高興，但他不會把你趕出去的對吧？」

明明感覺惹左牧生氣的話，不管是誰他都會把人從自己家裡踹走，但羅本並沒有那樣說，僅僅只有說左牧會「不爽」，也就是說，羅本有十足的自信，即便這件事被左牧知道，他也不會被趕出去。

羅本勾起嘴角，自信一笑。

「那是因為我煮的東西很好吃，他的胃沒有我不行。」

「哇！你這傢伙真擅長惹毛我欸！」

羅本那副自信的樣子，令黃耀雪臉上青筋爆滿，氣到眼角抽搐。

真該讓左牧親耳聽聽看羅本現在說的話！

「好吧，玩笑就開到這。」羅本瞇起眼看著黃耀雪和他身旁的跟班，「總之，我也不想跟你為敵，再怎麼說我也沒興趣和義大利最有勢力的黑手黨為敵。」

黃耀雪壓低眼眸，冷冰冰地和他四目相交，不屑一顧地笑出聲。

「哈！你這長著狐狸尾巴的混帳。」

羅本輕嘆口氣，他知道不能再繼續故意惹怒黃耀雪了。

雖然他覺得左牧可能也有在懷疑黃耀雪的身分，但，這件事現在還是先別告訴本人比較好，畢竟黃耀雪似乎刻意在左牧面前隱瞞自己是黑手黨的事。

「總而言之，我們現在就先往港口移動……」

因為危機解除，附近也沒有其他危險的樣子，所以羅本打算先一步回港口去看看情況，如果說有其他VIP玩家也打算對左牧出手的話，那他們很有可能會在港口附近埋伏。

然而，話才剛說出口，羅本突然感受到強烈的殺意，讓他不得不渾身一震，驚愕地瞪大雙眼。

他清楚看到原本還在聽他說話的黃耀雪和他的跟班，臉色鐵青地盯著自己，這讓他意識到大事不妙。

眼前突然被一片黑影掃過，頹廢大叔的慵懶側臉出現在眼前，並占據了他全部的視線，而他被那隻散發出危險氣息的瞳孔緊盯著，在發出聲音、感到害怕之前，身體已經反射性地迅速從綁在大腿裡的槍套中抽出手槍，並瞄準那隻如野獸般可怕的眼睛。

碰地一聲，槍響迴盪在樹林中，但手槍槍口卻是垂直往上對準天空。

這個男人在他開槍的前一秒，單手將槍口往上推，阻礙他射擊的同時，另一隻手也已經握緊成拳頭，狠狠地打擊他的右側腹部。

「呃！」

「羅本！」

羅本蹲在地上，痛苦地扶著陣陣麻痺的腹部，皺緊眉頭。

看到羅本被襲擊，一旁的黃耀雪兩人急忙舉槍對準男人，連續射擊。

男人壓低身體躲開所有子彈，並很快就融入黑暗中，黃耀雪趁機會急忙來到羅本身邊，把人扶起來。

下一秒，眼角餘光看見那個男人從樹林裡衝出來，由背後伸手抓住他的跟班的腦袋瓜，隨著手指力道加強、青筋浮現，跟班的腦袋發出喀噠脆響後，鮮血大量從頭部冒出，直到整顆頭被鮮血覆蓋。

他的雙手失去力氣，手裡的槍也掉落在地，最後像是個垃圾般，被這個擁有怪力的大叔隨手扔到旁邊去。

黃耀雪冷汗直冒，看著右手沾滿鮮血的男人，不快咂嘴。

「該死！是『困獸』嗎？」

「……沒錯。」羅本從嘴裡吐出口水，用手背輕抹嘴角的鮮血，抬起頭來看著眼前這名高大、沒有任何溫度的可怕男人，「這傢伙是『馴獸師』。」

聽見羅本準確無誤地判斷出自己的身分，這讓男人十分開心。陰暗恐怖的表情突然像是開花一樣地展露笑容，變得和藹可親。

「你的判斷能力真不錯，怪不得那傢伙喜歡黏著你。」

羅本原本也不是很確定，因為剛才被攻擊的時候，他只有看到男人的右臉，直到他正面面對自己，他才從左眼上明顯的刀痕確認這個男人的身分。

這傢伙，就是黑兔要他留意的馴獸師。

在遇見馴獸師之後，黑兔老在他耳邊嘮叨關於這個男人的事，還有他的臉部特徵，並要求他如果遇到這傢伙，絕對不要想著硬碰硬，先逃再說。

想到這，羅本不由得苦笑。

真正遇到這個男人後，羅本很清楚——他絕對沒辦法逃過男人的追殺，那雙彷彿只要鎖定目標，就絕對會把人撕成碎片的眼神，可不是開玩笑的。

問題是，為什麼馴獸師會盯上他？

男人咧嘴一笑，微微往左邊傾斜身體。

「你能開槍介入兩隻『困獸』戰鬥，朝比自己強的對手開槍，我怎麼可能會不對你產生興趣？不過嘛——最重要的，是七號那傢伙很中意你。」

「黑兔……中意我？」

「我聽說那傢伙跟了個主人，那個人就是你吧。」

「……什麼？」

羅本不懂，為什麼男人會產生這種誤會？

不過男人的話有點奇怪，因為他看上去並不是要找左牧的樣子，「困獸」不可能沒有他們幾個人的資料，長相和名字都掌握住的前提下，應該不可能會認錯才對，也就是說，他們給馴獸師的資料裡並沒有提到黑兔的飼主是誰。

嚴格來說，黑兔只是為了不再被組織追殺，才跟著他們，所以資料上沒有記錄黑兔的所有者名字，也很正常。

看來他們得到的情報裡，並沒有仔細說明他們之間的關係，才會讓「馴獸師」誤以為黑兔看上的男人是他而不是左牧。

羅本並不打算更正，就這樣繼續讓對方誤會也無所謂，但是當他眼角餘光看見黃耀雪臉色蒼白的模樣後，他知道自己必須做點什麼，否則他們兩個都會死在這。

「我沒有興趣跟你打交道，而且你應該不是來找我聊天的吧。」

「嗯——確實，我收到要殺死你們所有人的指示，所以才想說在你被其他人殺掉之前，先來見你一眼。」男人抬起手，輕舔手指上的鮮血，微微一笑，「順便殺死你。」

羅本哈哈苦笑，他真的是倒了八輩子的楣才遇上這些鳥事。

他小心翼翼地握緊槍托，手指緊貼著扳機，果不其然，男人在說完這些話之後從皮套裡抽出短刀，速度超快地逼近兩人。

黃耀雪和羅本同時舉槍，既然逃不了，他們只能選擇攻擊。

然而，從樹林裡飛快衝出來的的巨大身影，卻直接擋在他們之間，像是要保護兩人般成為了盾牌。

馴獸師抖了下眉毛，看著面前高舉起馬蹄打算踩踏自己的棕馬，立刻往後跳開，保持安全距離。

棕馬轉頭看著羅本和黃耀雪，大吼道：『快上來！』

男人眼看他們要騎馬逃走，當然不可能就這樣放過他們，就在他打算重新進攻前，天空迅速俯衝下來的紅隼遮住了他的視線，揮舞翅膀發出尖銳的叫聲擾亂，讓男人無法往前。

「該死！」

男人煩躁不已地將刀子插入紅隼的身體，準確無誤地破壞掉機器體的核心，紅隼掉落在地上，滋滋作響，很快就沒有任何反應。

然而它卻已經爭取到足夠的時間，讓羅本和黃耀雪逃離這裡。

馬的速度很快，光靠人的雙腿根本就追不上，但男人知道他們的目的地，所以能夠用更短的距離來彌補速度不足這點。

『左牧先生已經拿到徽章，他剛才通知我要準備回港口，所以我原本是想去告訴你這件事的……』謝良安的聲音十分緊張，『但是我沒想到你們會遇到危險。』

「謝謝，來得正好。」

『總之先回港口這邊，我會讓黑兔去接你們。』

「好，等到安全區之後他就應該不會再攻擊。」

『……這很難說。』

謝良安的聲音聽起來很不安，這讓羅本察覺出事情不太對勁。

「怎麼回事？」

『左牧先生拿到徽章後，港口的安全區突然被取消了。現在這座島沒有一個地方是安全的，所以我們得盡快離開。』

「嘖！這樣的話我更不能回去，怎麼能把那種危險的男人帶到你們那邊去？」

『就算你不來，那個人也已經在往港口移動。他似乎篤定你們會回船上。』

透過其他生物型監視器確認男人位置的謝良安，緊張地嚥下口水。

雖然他剛剛沒有透過監視器畫面看清楚攻擊羅本他們的人是誰，但從黑兔緊張的反應來看，肯定是個危險角色。

他沒有時間去思考其他事，只能先想著怎麼做才能讓所有人全身而退。

「左牧他們的位置在哪？」

『他們預計會在你們到達港口後大概十五分鐘左右到。』

「十五分鐘……這時間可不短。」

『是啊，所以我們絕對要撐住。』

聽謝良安的語氣，羅本意識到虎視眈眈盯著他們的危險，恐怕不只有馴獸師。既然那個男人出現在這，就表示「困獸」派來的殺手應該也在島上。

再怎麼思考，都無法得出最完美的脫身方案，所以現在他們能做的，就是想辦法殺出一條血路。

『預計三分鐘後抵達港口。』謝良安一邊提醒羅本時間，一邊不安地囑咐：『拜託你們……一定要平安回來。』

羅本垂下眼簾，許下承諾：「知道了。」

／

透過生物型監視器的觀察，謝良安很早就察覺不對勁。

他雖然沒有辦法駭入活體細胞機器人，但島上的生物型監視器數量多到能夠彌補這部分的不足，也讓他很快就能掌握左牧等人的蹤影。

駕駛座的顯示器有限，所以他無法把所有生物型機器人的畫面回傳、甚至每個都仔細看過，所以他用簡單的指令，讓這些生物型監視器主動通知他。

不僅僅是左牧他們，就連藏匿在島上的ＶＩＰ玩家，以及虎視眈眈的「困獸」，全都透過他新寫入的程式，完全曝露在他面前。

只不過，當他發現到這些人的時候，已經太遲。

左牧被埋伏在牧場區的ＶＩＰ玩家糾纏，羅本則是被「困獸」盯上而陷入危險——一切都來得措手不及，更令謝良安自責不已。

明明以他的能力，可以更完美地輔助他們的，但是他卻礙於受限問題而沒能好好做到自己該做的事。

「……黑兔，你聽到我說的話了。」

結束和羅本的連絡後，謝良安抬起頭來看著翹起二郎腿，坐在操縱鈕上面的黑兔。但，因為他的命令而不爽的黑兔，眼眸卻染上可怕的紅光，嚇得謝良安冷汗直冒。

即便害怕，也知道黑兔不可能乖乖聽自己的話，但謝良安仍舊鼓起勇氣。

「請、請你去幫羅本先生。」

「……我的任務是保護你，不是聽你的命令。」

謝良安用手掌拍打面前的鍵盤，焦急地起身，「現在不是說這種事的時候！你剛才也聽到我說的了吧？沙灘附近的安全區被解除，很多殺手都埋伏在附近等著他們自投羅網，要是羅本先生被包夾，就算他再厲害也不可能逃得出來。」

黑兔聳肩，「那你就認為靠我一個人能替他們殺出血路？」

「不能，但你可以拖延時間。」

黑兔不爽地皺眉，「什麼意思？」

「左牧先生的殺手……很強吧？」

「哈！你的意思是你全賭在三十一號身上？」

「當然沒有。」謝良安重新坐回位子上，並認真地盯著螢幕，開始瘋狂輸入指令，「我會在三分鐘內掌控沙灘附近的 Xenobots，雖然只是暫時性的，不能操控太久，但爭取到的時間足夠讓其他人上船。」

黑兔不太想要聽從謝良安的命令，可是他很清楚，現在如果不照謝良安說的去做，那麼左牧他們想要全身而退是非常困難的。

再說，剛才透過馬型機器人回傳的畫面，黑兔非常確定追殺羅本的人是「馴獸師」。羅本是不可能打得過那個男人的，所以就算謝良安沒有提出要求，他也會行動。

黑兔跳下來，輕輕踏著甲板，走向船邊。

「我去去就回，不會放你一個人太久的，所以待在這裡，別亂跑。」

他回頭囑咐完謝良安之後，唰地一聲離開快艇。

謝良安並沒有親眼確認黑兔離開，而是專注於修改眼前的程式，就向他說過的，隨便更動 Xenobots 的原始碼很有可能會被主辦單位發現，但問題是現在他沒辦法顧慮這麼多。

手指速度越來越快，盯著螢幕的眼睛都快要凸出來。

他現在只有一個想法，那就是想辦法安全地把所有人帶回船上！

離開快艇的黑兔其實也有些不安，因為讓謝良安落單並不是什麼好決定，畢竟他是隊長，是他們所有人的命脈，隊長要是死亡，隊員也會無條件被手環啟動的陷阱程式殺死，所以這並不是最佳選擇。

黑兔離開前確認過港口附近，暫時還算沒有危險，而他只需要在最短時間內解決障礙，把羅本他們接回來就好。就算他有很高機率被馴獸師纏住，光靠羅本跟黃耀雪也能夠回船上保護謝良安。

賭注，全在一念之間。

現在他只希望自己的決定，不會讓他後悔。

／

在樹林裡騎馬狂奔的羅本和黃耀雪，雖然一瞬間有種把成功把馴獸師甩開的錯覺，但是當對方像個幽靈般出現在面前的時候，他們很快就意識到這個男人有多纏人。

由於是機器人的關係，棕馬並沒有被突然冒出來的馴獸師嚇到。

它的眼睛發出嗶嗶聲響，像是接受到某個指令，迅速避開男人強而有力的爪擊，但對方似乎知道它閃避的位置跟方向，拿出早就準備好的短刀，狠狠插進棕馬的眼睛裡。

劈里啪啦的聲響和溢出的電流，以及掛在刀柄上的手榴彈，讓羅本意識到情況不對，立刻拽住黃耀雪的胸口，傾斜身體，主動墜馬。

兩人在地上滾了幾圈，身體沒有一處不痛，四肢就像是斷掉般喀吱作響，但他們很清楚現在不是喊痛的時候。

「沒事吧？」

「還、還活著。」

羅本剛確認完黃耀雪的狀況後，就聽見軍靴踩踏樹枝與落葉的聲響。

他們兩個人同時舉起手槍瞄準男人，但對方卻以眨眼速度逼近，並用駭人的氣勢壓迫他們。

比起恐懼，想要存活下去的意念讓黃耀雪與羅本扣下扳機。

男人閃避子彈後，揮開羅本握槍的手，沒能來得及把槍握緊，羅本手中的槍被遠遠甩飛，同時被人抓住手腕。

他感覺得到自己的手腕正再被對方慢慢擰碎，疼痛感讓他不由自主地皺眉。

「放開！」

黃耀雪衝過來踹開男人的手，讓羅本能夠趁他鬆手的瞬間向後撤退。

羅本把背在身後的狙擊槍移到胸口，但才剛握住槍托，手腕傳來的強烈刺痛感就讓他臉色鐵青。

那男人的腕力果然不像普通人，他的手腕可能有輕微骨折，害他連把手指放上扳機都有點困難。

黃耀雪的主動攻擊，讓男人把注意力移轉到他身上。他拿出兩把短刀，反握在手中，代替拳頭朝黃耀雪砍過去。

雖然攻擊遠遠比不上這個怪物級的男人，但黃耀雪的動作卻很靈活，他憑藉這點優勢成功閃過幾次攻擊，可是他的行動很快就被男人看穿。

刀刃在黃耀雪的肌膚上留下不少傷痕，雖然不深，數量卻很多。

浪費不少力氣的黃耀雪開始喘息，動作也變得遲緩，而這個男人在等的，就是這個時機點。

他預測黃耀雪接下來的位置後，將其中一把刀握正，打算從下顎插入黃耀雪的頭部，一口作氣把這煩人的傢伙收拾掉，然而他的行動卻全看在羅本的眼裡。

碰！

他扣下扳機，瞄準男人的頭部開槍。

由於手腕受傷，他沒有辦法瞄得很準確，所以只能從好開槍的位置下手。

只可惜，這發子彈不但被對方躲開，還讓他重新成為攻擊目標。

男人在閃過狙擊的同時，朝子彈飛過來的方向扔出手中的短刀，這種情況下，才剛開完槍的羅本根本不可能有時間閃開，只能眼睜睜看著刀子逼近自己。

羅本冷汗直冒，下意識閉上雙眼。

然而，被刀刺穿的感覺卻遲遲沒有發生，取而代之的，是因震怒而不爽怒罵的熟悉聲音。

「媽的……六十九號，想死嗎你……」

羅本猛然睜開眼，發現黑兔站在自己面前，手握著刀刃擋住刺向他的短刀。

黑兔在短刀距離羅本不到五公分的距離，輕鬆地攔截下來，但是看到羅本被攻擊的他，心情十分糟糕。

面無表情的男人，在見到黑兔發怒的表情後，咧嘴一笑。

「哈！看來你真的很中意這傢伙。」

黑兔並沒有回答，他把刀子輕輕往上扔，轉身用迴旋踢將短刀踹回去給男人。

短刀的速度快如子彈，卻被男人輕鬆握住，然而被怪物等級力道踹飛的短刀，很快就承受不住地裂開，成為廢鐵。

男人冷眼盯著短刀，掌心稍稍往旁邊傾斜，任由它掉落在腳邊。

「真是沒禮貌的小子。」

「再怎麼樣也比你這臭大叔要來得好。」

黑兔與男人對峙，眼看戰火一觸即發。

羅本不清楚黑兔怎麼會出現在這，明明這裡距離沙灘還有段路，可是他現在也想不了這麼多。

他跟不遠處的黃耀雪交換眼神後，對黑兔說：「你竟然真的把謝良安一個人丟下來找我？」

「他一直要我來啊，我也沒辦法。」

「我不相信你會乖乖聽話。」

「怎樣，不行嗎？」

「看你乖乖聽其他人命令的樣子還滿好玩的。」

「嘖！你的興趣真的有夠惡毒……」

他們只有簡單說個幾句話，因為再來得面對的，是訓練出眾多「號碼」的「馴獸師」，即便是黑兔也沒辦法保證自己能夠打得贏對方。

然而當他重新把視線放回男人身上的時候，出乎意料地，居然看見對方露出驚訝、著急的表情。這還是他第一次見到馴獸師將不安表現在臉上，害他一時間也感到不知所措。

「搞、搞什——」

「……喂，七號。」男人的聲音，明顯比以往都要來得低沉。

而此時此刻他所散發出的殺氣，令三人感到背脊發冷、身體無法控制地顫抖。

他抬起頭，用雙如黑洞般吞噬一切的眼眸，將目光鎖定在黑兔身上。

「你們剛才說的名字，再說一次。」

「啊？」黑兔挑眉，因男人莫名其妙的要求感到困惑。

他邊猶豫邊回想自己說過的話，赫然意識到男人指的對象是誰，於是按照他的要求複述一遍。

「……謝良安？」

果不其然，男人在聽見謝良安的名字後，臉色變得更加黯淡。

「你們跟那小子在一起？」

「說什麼呢你。」黑兔冷汗直冒，總覺得有點不太對勁，「難道你接受組織命令的時候，沒有拿到我們這邊的名單資料嗎？」

按照「困獸」的行動習慣，不可能在缺乏目標完整資料的情況下，就開始行動，除非——組織刻意隱瞞謝良安的事情。

六十九號到底跟謝良安之間有什麼關係？那表情簡直就跟三十一號見到左牧被威脅的時候一模一樣。

可惜，黑兔並沒有時間搞清楚這件事，因為男人突然莫名奇妙地怒吼一聲「該死」之後，就往沙灘方向衝過去。

莫名其妙解除危機的三人呆在原地，你看我我看你，最後選擇跟著男人。

先不管馴獸師和謝良安之間究有什麼關係，從男人如此著急的情況來看，謝良安有危險。為什麼？這令人百思不解。

主辦單位不是不想殺死謝良安嗎？難道說——

「大意了。」羅本喃喃自語，「如果說這就是他們撤除安全區的目的，那麼主辦單位的目標就是謝良安，而不是左牧。」

「什麼？他們幹嘛攻擊謝良安？」黑兔訝異地張大嘴巴，過段時間後反應過來，「等等……該不會那些傢伙……」

「沒錯。」見黑兔已經猜到答案，羅本也就不打算多加說明。

既然主辦單位已經威脅過謝良安，就不可能突然再大費周章地去殺他，可以合理懷疑，主辦單位剛開始策畫這次的遊戲場地時，目標並不是謝良安，而是後來才改變想法，產生殺他的念頭。

理由，恐怕就是因為謝良安對島上的系統程式動手腳。

「現在先別想其他事，謝良安絕對不能死，所以我們最要優先回去確認他的安全。」

「知道了。」

縱使眼前有許多疑問，但黑兔與羅本卻不在乎。比起那些讓思緒變得越來越混亂的問題，先想辦法阻止謝良安的死亡才是重點。

沒能跟上話題的黃耀雪，眼看自己沒機會插話，只好安靜地跟著兩人往快艇停靠的位置前進。

三人衝出樹林，來到沙灘的時候，比他們速度還快的馴獸師已經殺死一大批殺手，並持續往港口前進。

馴獸師馬不停蹄地衝上船，當他看到有幾名殺手正站在甲板，準備往位於二樓的駕駛座走過去的瞬間，握緊手中的短刀，如颶風般掃過所有人。

當他站直身體，背對這些殺手的瞬間，所有人的動脈都被刀刃劃破，鮮血如噴泉般湧出，一個個倒地不起。

他抬起頭往二樓的駕駛座看過去，臉色蒼白地踏上樓梯，最終在寫滿程式碼的螢幕前面，見到仍專注於打字的謝良安。

男人鬆了一大口氣，像是終於能夠放下心中的大石頭，可以好好呼吸。

「臭小子……讓人白擔心一場。」

他用指腹輕推眉心，因為太過緊張所以眉頭下意識皺得太緊，害他很不舒服。

然而，他放心不到幾秒鐘時間，眼角餘光就看到站在二樓船艙頂部的黑色人影，以及那掏出手槍、瞄準謝良安後腦杓的姿勢。

男人的心，瞬間凍結。

在對方扣下扳機前一秒，他不顧一切衝過去，把謝良安從駕駛座上推開。

子彈射入男人的肩膀，但他卻毫無痛覺地將手中的短刀朝對方的臉扔過去。

開槍的人壓低黑眸，以槍身輕鬆地將短刀彈開，與馴獸師四目相交。

「媽的，怪不得林那混帳會莫名其妙把我安排到這個鬼地方來狩獵。」馴獸師不斷碎碎念，卻完全沒有注意到被他推倒在地的謝良安，正瞪大雙眼盯著他看。

他不敢相信地張開嘴，一時間覺得這個男人的臉十分陌生，卻又在看見那隻留下傷疤的左眼後，不顧自己身處於危險，或是才剛被人開槍這些問題，緊緊地抓住男人的手臂。

「大叔！你是……我的大叔嗎？」

馴獸師震了下身體，抓住他拉著自己的手腕，露出尷尬又無奈的笑容。

「長大了呀，小子。」

謝良安驚喜到說不出口，但還沒能來得及重新整理好重逢的喜悅，對方就已經轉過頭，直視著從船艙跳下來的陌生男人。

一見到他，謝良安的臉色瞬間刷白，因為這個人就是當時當著左牧的面，把他擄走的「困獸」。

「為、為什麼……會在這裡？」

「這混帳是來殺你的，你別亂動。」

謝良安很不安地往操作板看了一眼，「大、大叔，我需要那塊平板。」

馴獸師照他說的，將平板遞給他，之後這個男人又朝他們的方向連續開槍。

沒辦法，他只能先強行把謝良安帶離快艇，然而港口這邊卻又出現更多的殺手，像是早就已經在那埋伏、等候他們一樣，堵住所有退路。

穿著黑色全套衣服的男人，站在船頭，冷冰冰地盯著他們，並下令：「動手。」

殺手們在聽見指令後，立刻圍上來，可是他們還沒來得及靠近港口，就被突然從後方出現的人馬襲擊。

伴隨著人的慘叫聲與槍響，殺手們亂成一團，而那群人也在短短幾秒鐘內殺出血路，以全身染著鮮血的兩人為首，安然無恙地來到港口。

「看吧！我殺的人比你多！」

黑兔十分驕傲地向身旁的兔子炫耀，但兔子卻連看也不看他一眼，似乎完全沒有和他比賽的意思。

和臉不紅氣不喘的他們相比，跟在這兩個殺瘋了的怪物身後的其他人，倒是累得半死。

「兔子——」左牧十分難受地抓住兔子的肩膀，嚴正警告：「好歹考慮一下其他人的速度，別自顧自地往前衝。」

也不知道兔子有沒有聽懂，他一臉不好意思地對左牧眨眨眼，完全沒意識到這麼做反而會讓人更不爽。

已經放棄治療的左牧，嘆口氣之後，轉頭盯著初次見到面的馴獸師，以及緊抱著平板，冷汗直冒的謝良安。

最後，他把視線放在霸占他們的快艇，怡然自若的黑衣男。

這張臉，他倒是記得。

「現在是什麼狀況？」左牧看著謝良安，皺眉質問。

他們離開樹林後，在沙灘和黑兔他們重逢，還沒能掌握現場狀況，就先被一大群殺手包圍，無可奈何之下，黑兔和兔子才會直接用蠻力突破。

被左牧下達「允許殺人」指示後的兔子，變得比之前還要強好幾倍，黑兔見狀，當然也不甘示弱，結果就變成兩個怪物獨自輾壓所有人。

而現在，他不但看到一個陌生面孔和謝良安很要好地貼在一起，還看到當初抓走謝良安的「困獸」霸占了他們的快艇？

左牧不禁懷疑，自己是不是錯過了什麼重要的事。

「別、別擔心。」冷汗直冒的謝良安，看起來仍在瑟瑟發抖，但他卻緊緊拿著平板，快速操作系統，難得有自信地大聲說：「我有辦法！」

在他按下平板上顯示的啟動鈕之後，唰地一聲，從海裡跳出小型鯊魚，空洞般的黑色大眼睛快速轉動，彷彿在掃視所有人，最後墜回海中。

安靜幾秒後，它再次跳出海面，將它的尖牙瞄準攻擊站在船頭的黑衣男，與此同時，樹林裡衝出馬、獅子、羚羊等各種不應該出現在島上的動物，沙灘邊的岩石縫裡也鑽出大型蜘蛛，這些動物全都二話不說直接撲向殺手們。

「媽的！搞什麼？」

「這些傢伙從哪來的！」

殺手們慌張地被這些動物襲擊，與此同時那隻攻擊黑衣男的鯊魚也被他開槍打中，墜回大海。

它沉入海底後再次快速上浮，越出水面並以最短距離咬住黑衣男的手。

被子彈打中的地方，不但沒有傷口，甚至沒有流血，這讓黑衣男立刻就意識到這隻鯊魚並不是普通的生物型機器人。

他拿出短刀，刺向鯊魚的眼睛，就算恢復力再強，脆弱的位置受重傷還是會痛苦不已，於是他利用這點，成功讓鯊魚鬆開口之後，狠狠地把它踹回海裡。

鯊魚的利齒在他的手臂留下很嚴重的撕裂傷，他知道自己沒辦法繼續開槍戰鬥，於是在看了謝良安和馴獸師一眼後，跳下快艇，很快就消失在樹林中。

謝良安趁這個機會，急急忙忙對所有人說：「快！趁現在上船！」

左牧等人已經意識到是謝良安控制了這些生物型機器人，於是所有人立刻上船，趁殺手們被困住、無法對他們出手的情況下，離開雙子島。

至此，他們瘋狂的第二場遊戲，終於結束。

「為什麼連『馴獸師』也跟過來了啊！」

黑兔非常不滿地跳腳，指著正在被謝良安治療槍傷的大叔抱怨。

當然，除了他之外其他人對此都沒有感到不滿，倒不如說他們對於原本是敵人的馴獸師突然成為友軍這件事，好奇不已。

從他跟謝良安之間的互動，左牧大概知道這兩人很早就認識，從羅本那邊聽完他們接觸馴獸師的情況後，合理推論這個男人的出現，應該是有人刻意安排。

現在他們所有人都聚集在二樓船艙，並讓快艇自動駕駛，「暫時」先以洄游的方式在附近海域徘徊，再讓沒有受傷的明碩負責站在甲板上留意周圍的情況，以免再次有人繞過雷達潛入船上。

由於這艘快艇能夠避開追蹤，所以他們暫時不用擔心會有偷襲，雖然不多，但勉強得到了能夠喘口氣的時間。

邱珩少一臉不滿地治療羅本的手腕跟黃耀雪的擦傷，而最優先進行治療的左牧也在重新包紮完傷口後，走到還在發脾氣的黑兔面前，輕輕摸他的頭安撫這隻寵物暴躁的情緒。

只不過，他開口說的話卻沒有行為上那般溫柔。

「沒事做的話去給大家拿點吃的過來，我快餓死了。」

黑兔原本想要拒絕，但抬起頭看到兔子凶神惡煞的眼神後，只好乖乖聽話，到一樓廚房翻找食物。

羅本聽到黑兔要去準備吃的，還很緊張，但邱珩少卻用力壓他的手腕，痛到害他叫不出聲來。

「你的手雖然沒有骨折，可是有些微拉傷，盡量別用這隻手。」

羅本臉色鐵青，抬起頭看著一臉正經的邱珩少，無奈苦笑。

他還以為自己的手骨折了，所以才這麼痛，幸好只是扭到，否則他這個狙擊手的慣用手受傷的話，基本上根本就等於零戰力，只會變成扯後腿的。

「我不放心讓黑兔一個人進廚房。」

「擔心什麼？難道他會把廚房炸了不成？」

羅本沒有回答，反倒是額頭汗水越冒越多。

邱珩少看見羅本的反應後，朝黃耀雪瞪過去。

無端掃到颱風尾的黃耀雪嚇一跳，急忙起身，「我、我去幫他！」說完他便跑出船艙，溜得飛快。

左牧雖然知道黑兔不擅長煮飯，但他沒想到羅本竟然會這麼擔心，看樣子在他不知道的情況下，黑兔曾闖過什麼禍。

不過，比起黑兔的問題，他更在意的是謝良安這邊。

他走向兩人，而兔子則是緊緊跟隨在他身後，寸步不離。

不知道是不是因為馴獸師的關係，他幾乎是像背後靈一樣的貼在左牧背後。縱使不太舒服，但左牧也沒辦法阻止兔子的畫風漸漸變得越來越不正常。

「我有話要問你。」

謝良安因為左牧突然提出的要求，嚇了一跳。

至於馴獸師似乎早料到左牧會開口，靜靜地抬起頭。

「正好，我也有話要跟你說。」

不知道是不是雙方的語氣都太冷淡，夾在兩人之間的謝良安十分緊張，一直來回轉頭觀察他們臉上的表情。

馴獸師見狀，嘆了一口氣，輕輕摸他的頭。

「不用緊張，我什麼都不會做。」

「可、可是大叔……」

「謝良安，我現在不是把他當成敵人質問，而是有事情要確認。」左牧也跟著解釋，就怕謝良安太過緊張結果搞到胃痛。

那個意思。

謝良安緊抿雙唇，憂心忡忡地輕輕拉扯馴獸師的衣角。

左牧開始感到頭痛了，現在的情況為什麼看起來反倒像是他跑來找碴？明明他完全沒有

「哈啊……算了。總之，你叫什麼來著……」

「六十九號，或是你可以叫我魯斯。」

左牧有些意外，這還是他第一次聽見有號碼的「困獸」報上自己的名字。

見他一臉不可思議，把自己當成異類的表情，魯斯也只是笑了笑。

「我在加入組織之前，也是有名字的，可不是一出生就被人用號碼來使喚。」

「聽你這麼說，我身邊的兩隻兔子該不會是異類吧？」

「有些人是捨棄了過去的自己，有些人的話……並不是很在意『名字』這種事。」魯斯邊說邊看向兔子，接著說下去：「在『組織』的訓練下，他們必須服從主人的命令，主人給予的一切就是他們的全部，包括名字。」

捨棄過去，與捨棄自己的存在。左牧聽得出來，魯斯所說的話前者是在講黑兔，後者則是在暗指兔子。

「你跟謝良安之間的關係，我沒有什麼興趣，我只是想知道主辦單位葫蘆裡在賣什麼藥，你的話，應該知道不少吧？」

「……太過詳細的計畫我不太清楚，我所接到的委託內容是殺死你，讓三十一號重新回

到自由之身。」魯斯無奈聳肩，「畢竟三十一號是很搶手的商品，很多人都想得到他。」

「我知道，但是你們組織已經有人向我保證過，只要不惹事，他就可以留在我身邊。」

「跟你交易的人是林吧，那傢伙是亞洲分部的老大，但說想要殺死你的，是組織裡的其他人。『困獸』高層是由各分部老大共同管理，就算林口頭答應你，但其他人可不這麼想。」

「是嗎。」左牧摸著下巴思考，看樣子困獸內部的權力問題比他想得還要複雜，可以的話，他真的很不想跟這些人扯上關係，但他很清楚這是不可能的事。

魯斯嘆了一口氣，「哈啊，坦白講我也被蒙在鼓裡，要不是聽到那個人說謝良安也在這的話，我也不會發現自己被利用。」

他往羅本的方向看過去，有氣無力的眼神充滿無奈。

羅本眨眨眼，面無表情地說：「你會跑去偷襲我跟黃耀雪，是因為那個叫做洪芊雪的女人吧。」

「你腦筋動得真快。」魯斯雖然早就知道羅本很聰明，但沒想到他竟然能意識到他跟洪芊雪之間有連絡。他接著說：「我跟洪芊雪還有幾個ＶＩＰ玩家一起進行埋伏，他們負責去跟你接觸，而我則是負責分開行動的狙擊手，洪芊雪在確認狙擊手的位置之後就用通訊器通知我，讓我過去處理。」

「……是我第一次開槍射擊的時候？」羅本想了下，確實很奇怪。當時那個眼鏡男根本沒必要特地先派四個人出來攻擊，明明那附近安插那麼多殺手，卻還要分那麼多次進攻，怎麼想都覺得古怪。

原來，眼鏡男的目的並不是攻擊左牧，而是想要確認他的位置。也就是說包括洪芊雪在內的VIP玩家都知道他躲在附近的樹林裡面。

魯斯點點頭，「你們就算分開行動，也是躲不過主辦單位的監視器追蹤，手環雖然有定位系統，但那個時候系統被干擾，所以沒辦法確定你們的位置，只能用其他方式把你們引出來。」

干擾定位系統的，肯定就是謝良安。他既然能夠自由操控島上的生物型監視器，那麼處理定位系統也不是什麼大問題。

「老實說我一開始並沒有打算淌這趟渾水，『馴獸師』很少會主動出手，我的工作就只有訓練殺手而已，這次是因為林老在我耳邊嘮叨，我才勉強接受。」魯斯邊說邊煩躁地搔頭髮。

坦白講，他很慶幸自己有來。

林會自信滿滿地安排他協助主辦單位，百分之百是因為知道謝良安也在這裡，一想到這點就令他頭痛不已，弱點被那種惡魔般的男人掌握在手裡的感覺，真的很糟糕。

左牧大概可以推測出那個叫做「林」的男人，葫蘆裡在賣什麼藥。

那個人因為知道組織其他人想要殺他，從而和主辦單位聯手，為了想辦法阻止、遵守「不會動他」的約定，安排其他人來暗中協助。

左牧對洪芊雪的印象並不深，但從她刻意安排魯斯去對付羅本，從而讓他發現謝良安的這點來看，她並不是敵人。

更別說她還特意阻止眼鏡男，把島主徽章的位置告訴他們。

就算洪芊雪和邱珩少之間存在仇恨，也不會影響他們在絕望樂園的行動，至於林派魯斯來的最主要理由，估計就是因為知道他跟謝良安之間的關係，所以他才能毫不擔心地將這個男人放到他身邊來。

「你就這樣正大光明跟我們走，沒問題嗎？」左牧歪頭問道：「這樣把你安插進來不就沒有什麼意義了？」

「反正林本來就不打算讓我永遠藏起來，他知道我肯定會優先去保護這小子，把主辦單位那些該死的傢伙拋在腦後。」魯斯邊說邊揉謝良安的腦袋，「就是因為這樣，他才找上我的。」

「你在這之前都不知道謝良安的存在？」

「要是知道的話，我老早就過來找他了。」

「那個叫林的男人興趣還真惡劣，故意瞞著你。」

「哈啊……雖然不想這麼說，但如果他先跟我講的話，恐怕我也沒辦法順利混進來。因為我會太過在意謝良安的安危而在主辦單位面前露餡。」

見魯斯一臉苦惱的表情，左牧這才明白他有多麼重視謝良安。

抱怨完之後，魯斯轉過頭，咬牙切齒地追問謝良安，「話又說回來！你這臭小子到底做了什麼？我聽說你不是被陳熙全保護得好好的嗎？怎麼會被抓到這個地方來？」

「呃、那個……這個嘛……」

謝良安十分慌張，支支吾吾地，找不到理由回答魯斯的問題。

腦袋一片混亂之下，他選擇轉移話題，主動對左牧說：「那、那個！我試著駭入Xenobots了！所以可能……有點危險。」

左牧聽到他這麼說，忍不住看了一眼因為被無視而氣到不行的魯斯後，輕推鏡框，選擇幫他一把。

「你不是說駭入那東西風險很高，而且需要比較長的時間嗎？」

「所以我、我很努力！」謝良安握緊拳頭，自豪地說：「雖然我只有成功控制幾隻，控制的時間也沒有很長，但是我必須那麼做。就算你們再強，也很難在人數眾多的情況下順利上船，所以我只能利用島上的生物型機器人。」

「那些突然冒出來的動物，是你的傑作？」

「嗯，不過大部分都是生物型監視器而已，沒有多少戰鬥能力，所以我在裡面混入幾隻Xenobots。」

因為是臨時駭入系統控制，所以能夠下指令的時間非常短，幸好能夠趕上。不過對謝良安來說，最大的收穫就是再次見到他想念已久的魯斯。

「你們昨晚遇到的蜘蛛，還有那隻負責攻擊的鯊魚，它們都是 Xenobots。」

左牧瞇起眼盯著謝良安看，「不會有什麼問題吧？」

謝良安只能尷尬苦笑。

確認他的反應後，左牧知道這件事很有可能會害謝良安重新成為主辦單位的眼中釘，這也就是為什麼魯斯會如此擔心的最大原因。

謝良安是個很聰明的男人，但他那天才般的技術，會讓自己再次被盯上。

主辦單位不可能輕易讓能夠駭入並竄改 Xenobots 程式碼的謝良安離開，主動曝露這點對謝良安來說，雖然可以讓主辦單位產生不殺他的念頭，但他也不可能全身而退。

主辦單位需要謝良安的這分技術，所以不會殺他，反而會用盡所有辦法將他抓回去，逼迫他再次為他們工作。

雖然他們可以不用擔心會因為謝良安被殺而受到牽連，但如果他再次落入主辦單位手中，很有可能就再也回不來了。

從這點來看，魯斯成為他們的同伴或許是件好事。

左牧在確認完目前的情況後，無奈嘆氣。

「休息吧。」他轉身走向船艙門口，「事已至此，我們也沒有其他選擇，必須盡快蒐集完島主徽章離開這裡，所以現在受傷的人全都給我乖乖靜養，尤其是你，魯斯。」

「啊？幹嘛特別點名我？」

「因為接下來我沒辦法分心照顧謝良安，所以他就交給你了。」

「……真意外，我還以為你會叫我去做點別的事。」

魯斯當然沒理由拒絕，輕鬆地聳肩。

然而，至始至終沒有開口說話的邱珩少，在結束羅本的治療後，蓋上醫療箱。

那個聲音很清脆、明顯，瞬間就吸引了所有人的目光。坐在他面前的羅本冷汗直冒，因為他清楚看到邱珩少此時此刻的臉色有多麼難看，彷彿抽到下下籤的樣子。

「我可沒打算跟著你們瞎混。」冰冷的目光，和左牧對視。

左牧雙手環胸，對他說的話並沒有感到很意外。

「……不是陳熙全安排你來協助我的嗎？」

「那又怎樣？」

「是什麼原因……又或者是某個人讓你改變了想法？」

邱珩少瞇起眼，對於左牧的質疑感到不滿。

他明明就能輕易猜出來，卻還故意反過來追問他，真是可笑。

左牧也沒給他好臉色看，因為他並沒有想要討好邱珩少的意思。

兩人之間的氣氛有些尷尬，讓知道原因的羅本左右為難。

「到此為止吧。」羅本抓住邱珩少的肩膀，想要說服他，「我知道你很著急，但再怎麼樣你也沒辦法做什麼，不如先想辦法離開這裡再說。」

「離開？」邱珩少冷笑，「離開這裡的話，我不就沒辦法殺了那該死的女人嗎？在這裡的所有行為都會被歸列在法治範圍之外，我怎麼可能錯過這麼好的機會？」

「你真是……給我過來！」羅本強行用手臂勾住邱珩少的脖子，先左牧一步走出船艙，離開前不忘對他說：「我來跟這傢伙私下談談，你不用在意。」

「知、知道了。」

左牧很意外，他不知道兩人感情這麼好。

就在左牧徹底搞錯羅本和邱珩少的「友好關係」之後，他再次開口對謝良安說：「算了，總之現在情況變得很複雜，我們也得稍微調整原訂計畫。」

謝良安十分同意左牧的決定，用力點頭。

左牧走到櫃子旁邊的抽屜，拿出之前主辦單位交給他的耳機盒，扔給謝良安。

謝良安手忙腳亂地接住，一臉狐疑地盯著掌心上的東西看。

「這是……主辦單位給你的耳機？」

「嗯，沒錯。」

「為什麼要給我？你不是要拿來問他們三個問題的嗎？」

「我本來就對提問沒興趣，我要的是能夠直接連絡到跟我打賭的那個男人的方式，所以才會跟他提出那種交換條件。」左牧指著謝良安手裡的耳機盒說：「我需要你利用這個東西，來確認那傢伙的身分跟位置。」

謝良安張大嘴，對左牧說的話感到十分驚訝。

他沒想到左牧當時進行交易的原因，竟然是這種目的！

「你、你是認真的嗎？」

「怎麼？你以為我在跟你開玩笑？」左牧雙手環胸，提起下巴冷哼，「那傢伙既然能不用跟人報備，直接跟我談交易，就表示他手裡握有決定權——簡單來說，他可能就是幕後的老大。」

「是……有可能沒錯。」謝良安呆呆地盯著手中的耳機盒，「我真的沒想到，原來你是因為這樣才跟他談條件的，我還以為……」

左牧嘆口氣，「談判可是刑警的基本技能，在那種傲慢自大的人面前，絕對不能提出讓對方覺得『你占他便宜』的條件，要選擇對方能夠接受，並且不會起疑的條件來讓自己取得優勢。」

他邊說邊垂下眼眸。

雖然他現在講的是理論上的基礎，但心裡卻又不認為那個狡猾的男人，真的不會對他所提出的條件產生懷疑。

畢竟主辦單位應該很清楚他的手段跟習慣，可能早就猜到他提出的條件，重點並不在「提問」，而是有其他目的。

這項交換條件，這很可能就會成為讓主辦單位設下「陷阱」的最佳選擇，雖然有一定的風險，但左牧覺得仍值得一試。

人往往會因為自大而出現紕漏，若他們想要安全地通過遊戲，離開這裡，那麼他們就必須抓住這些機會。

「你應該有辦法利用那個東西，確定對方位置吧？」

「反、反向追蹤的話是可以的。」

「那麼這件事就交給你處理。」

左牧交代完這件事情後，就帶著兔子離開船艙。

熱鬧擁擠的空間，頓時只剩下謝良安和魯斯兩人，氣氛有些尷尬。

魯斯隱約覺得急著離開的左牧，並不是有其他事情要處理，而是故意給他們兩個人獨處的空間，這讓他覺得左牧是個有趣的男人，甚至可以理解為什麼林會看上他。

在他思考著該從何開始說起的時候，感覺到謝良安輕扯他的衣服，便轉過頭盯著那雙圓滾滾、閃閃發亮的眼睛看。

雖然已經過去許多年，但謝良安望向他的視線，卻仍然如當年那般，讓他不由自主地萌生出想要保護他的念頭。

「……大叔。」謝良安小小聲地說：「好、好久不見，我真的很、很想見你。」

魯斯搔搔臉頰，「我知道，但很抱歉，我原本不該跟你扯上關係的。」

「是因為大叔是『困獸』的人？」

「嗯，你也知道這個組織有多危險，我當時在你家工作的時候，並沒有所屬的『主人』，所以本來就不可以跟任何人有過多不必要的接觸。」

魯斯曾在謝良安小時候，擔任盛曜董事的保鑣一職，那時他並沒有被對方買下，成為所屬的「困獸」，而是簽署具有時效性的工作契約。

因為那時的盛曜董事，已經擁有其他有號碼的「困獸」，只不過由於當時被人盯上性命，才會另外再安排其他「困獸」。

時效性的工作契約雖然很常見，但很少用在有號碼的「困獸」身上，更不用說還是財力如此雄厚的盛曜董事，以他的能力，完完全全能夠將他買下來，卻不知道為什麼僅僅只是簽屬工作契約。

不過，對那時的魯斯來說這種合約來得很剛好，因為那時的他正被組織推薦轉職為「馴獸師」身分，所以他打算等這次的契約結束後，就正式開始執行。

組織看上的，是他所擁有的「全能性戰鬥能力」，無論是近戰、暗殺、策畫行動等，他都能做到最好，而這樣的他始終沒有被任何人買走的理由，估計就是因為組織插手的關係。

對「困獸」來說，他是非常優秀的商品，但比起賣給其他人，留在組織內部所能產生的效益更大，所以他總是接短期工作契約。

魯斯自己也很清楚組織的意圖，而且比起永遠成為某個人的狗，他更喜歡這種自由性高的契約關係，所以並沒有拒絕組織的決定。

而這樣的他，卻在為盛曜董事工作的時間裡，和謝良安相遇了。

當年僅僅只有八歲的謝良安，展現出天才般的聰慧實力，卻又不失孩童般的稚氣可愛，十分惹人疼。

雖然是以盛曜董事的保鑣身分留在那，但他總是很喜歡能夠見到謝良安的那段時光，然而，當這分快樂被剝奪的瞬間，前所未有的憤怒淹沒他的理智。

由於想要對盛曜董事出手的人，遲遲沒辦法如願，於是他們將目標轉移到他的家人身上——也就是謝良安。

突如而來的襲擊，抓走了謝良安。

憤怒的他獨自圍剿那些人，將謝良安救出來，在那之後謝良安因為恐懼與害怕，整整高燒三天不退，也漸漸變得害怕外出。

威脅的因素消失後，他跟盛曜董事的契約也隨之結束，但他卻連告別的時間也沒有，就這樣離開。

並不是他不想道別，而是在離開前，盛曜董事——也就是謝良安的父親，要求他簽屬不可私下接近謝良安的契約書。

或許是因為他當著謝良安的面屠殺那些該死的綁架犯，又或許是因為盛曜董事意識到他過分的執著就像一隻瘋狂的野獸，救下謝良安的代價，就是不能再待在他身邊。

為了謝良安好，魯斯知道這個決定是正確的，所以他依照契約，沒有再出現在謝良安的世界中。

直到今天。

「哈啊……」魯斯頭疼不已地嘆氣，「雖然不是我主動毀約，但我確實不該跟你接觸。」

「不要。」謝良安皺緊眉頭，緊緊抓住魯斯的衣服，「大叔，不要再離開我了。我、我連謝謝都沒有說，你就不知道跑哪裡去……我已經不是當年的小孩子，不需要大叔小心翼翼地對待我。」

「呵，小混蛋說什麼傻話呢。」魯斯笑呵呵地撫摸謝良安的頭。

他雖然不信，但確實謝良安所擁有的實力，遠超出他的預期。

畢竟他可是操控了那隻鯊魚，成功把十三號從快艇趕走，還讓所有人都順利地從島上逃離。

「你是怎麼攤上這些鳥事的？幹嘛不乖乖地過你的有錢人生活？」

「……因為我想要找大叔，但爸爸他們都不許我提起大叔的事，所、所以當主辦單位的人接觸我，希望我能加入他們的時候，我才會想要在爸爸無法監視到的地方去找大叔你。」

主辦單位所擁有的技術與系統，能讓他更加深入暗網去尋人，而且風險更低，雖然他找出魯斯是「困獸」的一員這條線索，卻始終沒有其他進展。

就像是被人暗中阻撓。

謝良安曾想過要深入調查「困獸」，但即便他是主辦單位御用的高級工程師，卻始終沒有能夠跟「困獸」接觸的機會，而「困獸」的相關情報，也都無法從任何地方取得，這讓他一度感到氣餒。

幸好——最後他還是見到魯斯，還知道了他的名字。

「嘿嘿嘿，以前我不知道大叔的名字，所以總是大叔大叔地叫，現在我可以喊你的名字了，心情真不錯。」

「嘖！臭小子，就算知道也別亂叫。」

「有什麼關係，大叔也可以叫我的名字。」

不久前兩人之間的氣氛還有些尷尬，但如今謝良安卻覺得自己好像回到小時候，能夠像個貪婪的孩子，任性地對魯斯耍賴皮。

「大叔！我現在有錢，可以買下你！」謝良安雙眸閃亮地對魯斯說：「好不容易找到大叔，我、我不想跟大叔分開！」

魯斯被他的話逗笑，噗哧一聲笑出來。

「好小子，長大後翅膀硬了是吧？買我這隻老野獸有什麼好？」魯斯笑著輕扯謝良安的臉頰，「用不著浪費錢，我本來就打算要離開組織。」

謝良安摸著紅通通的臉頰，皺眉問：「沒問題嗎？『困獸』不像是那種想離開就可以抽身的組織。」

魯斯看著他擔憂的表情，慢慢垂下眼簾。

「……確實沒辦法，但你知道的，我很厲害。」

像他這樣超過三十歲還擁有號碼的「困獸」，確實算是少數，雖然他是「馴獸師」，但同時他也仍是一隻待售的野獸，而且是擁有理智與自我思考能力，可以冷靜判斷眼前情況的例外。

組織高層都是些既聰明又狡猾的狐狸，所以他們不會放他走，而是會給予他更高的職位，將他永遠留在組織中。當然，魯斯並不打算留下來，所以他和組織提出交易——拿黑兔的人頭去換取他的自由。

林也是因為知道他想離開組織，才特地去幫他爭取這個機會，並把他安排進入這座島，現在看來，林果然是個比其他傢伙還要更加讓人火大的男人，但他也無法否認，自己竟然對他存在著一絲謝意。

「這次讓我幫你吧，大叔。」謝良安苦苦懇求，「如果不是大叔，我早就死了，所以……請你給我一個能夠報答你的機會。」

魯斯眨眨眼，實在對謝良安這副可憐兮兮的表情沒輒。

「我知道了啦，這件事等你安然無恙從這鬼地方脫身後，我們再來慢慢討論這件事。」

「好耶！謝謝大叔！」

謝良安整個人撲到他身上，頭頂直接狠狠撞擊他的下巴，痛到魯斯眼角含淚，整個下巴都失去知覺，但他一句話也沒有責備，而是輕拍謝良安的背安撫這個因為見到他而激動落淚的男人。

這世上，恐怕只有謝良安會因為見到他而開心到哭出來。

在他面前，他既不是「困獸」也不是「馴獸師」，只是一個曾救過他、總是保護他的大叔。

魯斯很喜歡這種感覺，也稍微能夠體會到，為什麼黑兔和兔子會因為對某個人的執著以及強烈的保護欲，而選擇離開組織。

看來，他也被那兩隻野獸影響了。

／

左牧來到船頭，望著平靜的海面，深深嘆息。

「該死的……」

讓他忍不住咒罵的原因，是現況。

他跟邱珩少照著洪芊雪說的話，在販賣食物的櫃台下方找到藏在那裡的島主徽章，這個藏匿地點和擺放位置，和之前差異太大，而且也不像是主辦單位放置的，對此，左牧產生疑問。

身為ＶＩＰ玩家，不可能如此清楚地知道徽章的擺放位置，所以左牧推斷，這個島主徽章應該是洪芊雪和那個眼鏡男去藏的。

也就是說，那座島本來就沒有任何島主徽章，因為徽章在VIP玩家的手上，至於主辦單位的目的很明確，就是逼迫他們一定要和VIP玩家接觸。

從「困獸」願意支援那麼多殺手的情況來看，他的推論應該沒錯，問題是主辦單位這麼明顯地插手行為，很顯然是不想讓他們順利通關。

直覺告訴他，這應該跟陳熙全要求他們這次「一定要照規定完成遊戲」有關係。

雖然很不爽，但他也只剩這條路能走。

看著苦惱不已、既生氣又無奈的左牧，兔子眨眨眼，用指尖輕戳他的肩膀。

左牧剛回頭，兔子就把平板推到他眼前。

『沒事吧？』

明明只是簡單的三個字，卻能夠讓左牧感受到兔子擔心自己的心意。

不過，這句話對現在的他來說，完全無法達到安慰的效果。

困獸的介入，比他想得還要棘手，而且從那個叫做林的人特地安插協助者的情況來看，「困獸」、主辦單位和陳熙全三方之間的關係，恐怕比預期中還要複雜許多。

他會如此煩躁，最大的理由就是因為卡在這群人之間的感覺，讓他很不舒服。

兔子再次輕戳他的肩膀。

『要不要我去把他們全部殺掉？』

這次兔子給他看的句子，讓左牧瞪大眼。

他皺眉看向一臉天真，歪頭盯著自己的兔子，厲聲說道：「我跟你說過很多次，不可以隨便殺人。」

『但你剛才不是允許了？』

「那是特殊情況。」

『不殺人，可以支解嗎？』

「……你是不是對殺人的定義有所誤解？」

『流血過多死亡的話，死因就跟我無關。』

兔子對於「殺人」的認真，果然有很大的偏差，雖然這是左牧早就明白的事，但看著他用稀鬆平常的態度說出來，仍會讓他覺得可怕。

對兔子來說，殺人並不會讓他有任何的感覺，可是這樣的他卻因為在他面前殺人的關係，而難受到臉色蒼白、動彈不得。

左牧知道自己是兔子最大的絆腳石，但對兔子這樣的殺人魔來說，他需要有能夠隨時拴住他的繩子。

他不打算再用自己的認知來修正兔子的觀念，因為那是徒勞無功的行為，而在這種情況下，他沒有辦法要求兔子停止殺人行為。

於是，左牧做出了決定。

「你可以殺人，但你只能殺兩種人。」他豎起手指，冷靜地對兔子說：「對我們有殺意的人，還有就是無法溝通的人。」

他用這種簡單的方式，來讓兔子區分並選擇能夠下手的目標，這樣多少能夠牽制住他那瘋狂的殺人欲望。

兔子點點頭，全排接受左牧所提出的所有要求。

左牧用力從鼻孔裡吐出一口長氣後，雙手環胸，盯著海面說：「接下來我們得改變原本的做法了，不能再像之前那樣慢慢來，在這個地方逗留太久對我們不利。」

還剩三個徽章，所以他還必須攻略三座島，但如果每座島都需要花費這麼長時間跟力氣的話，會大量消耗他們的精神與體力，對他們很不利。

那麼，就只剩一個辦法。

——同時攻略。

「呃，你們在這幹嘛？」

不久前把邱珩少架走的羅本，從旁邊走過來，雖然立刻就接收到兔子驅趕他的可怕視線，但早就已經習慣的羅本並沒有當回事。

他左邊嘴角隱約能看到一點瘀血，就像是被人揍過，從邱珩少沒有跟他一起出現的情況來看，傷口應該就是邱珩少下的手。

羅本並沒有很在意臉上的傷，就算他知道左牧隱約已經猜出理由，也沒打算提這件事。

他嘆口氣，選擇回答羅本一開始的問題。

「我在考慮接下來要同時攻略兩座島，我們需要盡快取得徽章。」

「意思是要我們分開行動？」

「對，雖然風險很高，但能節省不少時間。」

「……看樣子你也注意到，主辦單位打算消耗我們的精神跟體力這件事了。」

左牧聳肩，「如果不這樣的話，他們根本沒辦法阻止我們通關，再怎麼說光靠我們幾個人，在人海戰術面前百分之百是弱勢。」

「嗯——我支持你的決定。那麼我就跟黑兔一起行動吧。」

羅本很清楚左牧會怎麼分配，所以自然而然就得出這個結論，但他卻看到左牧一臉狐疑的表情，搞得他好像說錯話似的。

「你幹嘛皺著眉頭？難道不是我想的那樣？」

謝良安現在有魯斯保護，所以他們可以不用分心去照顧那個男人，如此一來就能夠全心全意地攻略其他島嶼。

可是左牧的反應，似乎並不打算這樣安排。

「你要跟黑兔一起我是沒有什麼意見，但你的手……不是沒辦法開槍嗎？」

羅本聽到左牧這麼問，立刻明白他是認為自己無法狙擊，所以才把他剔除在行動名單之外。

於是他二話不說，迅速從綁在腿上的槍套裡拔出手槍，在他舉槍的瞬間，兔子很有默契地拿起放置在旁邊桌上的啤酒罐，扔到空中。

碰！

羅本扣下扳機，準確無誤地命中兔子扔出去的啤酒罐，同時也成功把左牧嚇傻。

他看著左牧呆呆盯著他看的表情，將槍收起來。

「我兩手都能開槍，只不過右手是慣用手所以準度比較高。」

「呃……準度比較高？」

左牧冷汗直冒，這真的不像是剛擊中移動靶的人會說的話。

羅本聳肩，「嗯，左手大概跟右手差了大概零點一左右的準度。」

「……這還叫做有差嗎。」

「狙擊手絕對不容許一丁點的失誤，所以對我來說，差很多。」

左牧轉頭反問兔子：「你早就知道羅本兩手都能開槍？」

兔子誠實地點頭，甚至用「難道你不知道嗎」的眼神反問他。

「哈、哈哈……」

最終，左牧只能獨自苦笑，並默默將羅本重新加入心中的戰力名單裡。

受了傷開槍都能比他這個前刑警還準，就某種意義上來說，羅本也是個怪物。

「知道了，那麼就這樣安排行動吧。」

感嘆完自己有多麼弱的事實後，左牧抬起頭。

接下來，就看是他們蒐集完徽章的速度快，還是主辦單位的人海戰術占上風。

無論如何，這都將會是他們最後的掙扎。

——《遊戲結束之前第二部03待續》

後記

各位好，我是開了兩個新坑但完全找不到時間填的坑草。

寫第二集的時候坑草家的社區正好在更換老舊電梯，由於坑草住在高樓層，就變得更懶得出門，完完全全實現居繭草的事實（喂），雖然暫時會有段時間不方便，但能夠換新電梯還是滿讓人期待跟開心的，不然每次搭電梯都會害我很想寫電梯相關的恐怖故事（另類靈感爆發）。

第二部出版後，坑草收到許多詢問「兔子會不會開口說話」的疑問，坦白說我自己也不太確定之後會不會讓他開口說話，所以沒辦法給大家確定的答案（跪），第二集的部分是沒有的，第三集的話……我再看當下的劇情安排來做決定。順便提醒大家，下一集就是完結篇囉！

真的非常感謝大家在遊戲第二部出版後仍給予高度支持，坑草已經很久沒有花這麼長時間、這麼多集數寫一部作品了，因為我自己本身也很喜歡這種殺手設定，所以寫得特別開心，雖然左牧他們的故事還有很多可以說的部分，但目前我們就先把他跟主辦單位的對決看完吧！坑草會努力收尾的（握拳）！

第三集完結篇，敬請期待！

草子信

草子信ＦＢ：https://www.facebook.com/kusa29

高寶書版集團
gobooks.com.tw

輕世代 FW403
遊戲結束之前 第二部02

作　　者　草子信
繪　　者　日　々
編　　輯　賴芯葳
美術編輯　彭裕芳
排　　版　彭立瑋
企　　劃　黃子晏

發 行 人　朱凱蕾
出　　版　三日月書版股份有限公司
　　　　　Mikazuki Publishing Co., Ltd
地　　址　臺北市內湖區洲子街88號3樓
網　　址　www.gobooks.com.tw
電　　話　(02) 27992788
電　　郵　readers@gobooks.com.tw（讀者服務部）
傳　　真　出版部　(02) 27990909　行銷部 (02) 27993088
郵政劃撥　50404557
戶　　名　英屬維京群島商高寶國際有限公司台灣分公司
發　　行　英屬維京群島商高寶國際有限公司台灣分公司／Printed in Taiwan
　　　　　Global Group Holdings, Ltd.
初版日期　2024年2月

國家圖書館出版品預行編目(CIP)資料

遊戲結束之前第二部 / 草子信著.-- 初版. -- 臺北市：三日月書版股份有限公司出版：英屬維京群島高寶國際有限公司臺灣分公司發行, 2024.02-
面；　公分. --

ISBN 978-626-7391-07-5 (第2冊：平裝)

863.57　　　　112021050